창귀무쌍 8

2024년 5월 10일 초판 1쇄 인쇄
2024년 5월 16일 초판 1쇄 발행

지은이 송장벌레
발행인 김관영

기획 박경무 강민구 임동관 조익현 최시준 신정윤
책임편집 김홍식
마케팅지원 유형일 박민정

발행처 (주)로크미디어
출판등록 2003년 3월 24일
주소 서울시 마포구 마포대로 45 일진빌딩 6층
Tel (02)3273-5135 **Fax** (02)3273-5134
홈페이지 rokmedia.com **E-mail** rokmedia@empas.com

값 9,000원

ISBN 979-11-408-2403-8 (8권)
ISBN 979-11-408-1784-9 04810 (세트)

송장벌레 신무협 장편소설

차례

천하제일독가 (天下第一毒家)

噫吁嚱. 危乎高哉.

─아, 높고도 높구나.

蜀道之難 難於上靑天.

─촉으로 가는 길의 험난함은 푸른 하늘을 오르는 것보다 더 어렵다.

蠶叢及魚鳧 開國何茫然.

─잠총과 어부가 있었던 촉나라가 얼마나 아득한가.

爾來四萬八千歲 不與秦塞通人煙.

─그 이래로 사만 팔천 년 동안 진나라와 왕래가 없었도다.

西當太白有鳥道 可以橫絶峨眉巓.

─서쪽 태백산에 오도가 있어 아미산을 넘을 수 있었고.

地崩山摧壯士死 然後天梯石棧相鉤連.

－땅이 무너지고 산이 깨져 장사들이 죽고 나서야 공중다리와 돌다리 잔도가 서로 이어졌도다.

上有六龍回日之高標.

－위로는 여섯 용이 해를 끌고 돌아가는 길은 높은 산봉우리.

下有衝波逆折之回川.

－아래로는 부딪치는 물결이 거꾸로 꺾여 소용돌이.

黃鶴之飛尚不得過 猿猱欲度愁攀援.

－날아다니는 황학도 넘지 못하고 매달려 기는 원숭이도 걱정하는구나.

青泥何盤盤 百步九折縈巖巒.

－푸른 진흙의 고개들이 백 걸음에 아홉 번을 꺾여 바위를 휘감고 있도다.

－이백(李白), 『촉도난(蜀道難)』－

사천(四川).

중원과는 사뭇 다른 문화권을 유지하고 있는 대도시.

험한 산맥과 긴 강에 의해 고립되어 있는 이 거대하고 광활한 분지에서는 독자적인 기후와 문화, 생태들이 꿈틀거리고 있다.

네 개의 강을 끼고 있어 농지가 천 리에 걸쳐 비옥하고 산이 많아서 임업도 발달했다.

전 성을 통틀어 소금 생산량이 가장 많고 세수(稅收)도 풍부하다.

오직 사천의 힘만으로도 자급자족이 가능할 뿐만 아니라 능히 백만의 대군도 양성할 수 있는 옥토 중의 옥토인 것이다.

당연하게도, 사람도 돈도 몰리는 이곳에는 유흥 또한 발달했다.

이곳 성도(成都) 무후구(武侯区)의 목단루(牧丹樓)는 그중에서도 가장 화려한 기루였다.

"자, 오늘도 한판 깔아 볼까?"

그곳에서는 대낮부터 거나한 술판이 벌어지고 있었다.

술에 불콰하게 취한 화화공자 한 무리가 기녀들을 낀 채 엽자희(葉子戲)를 하고 있다.

판돈이 오르고, 패가 복잡해질수록 화화공자들의 대화에는 신이 오르고 눈빛은 더더욱 걸쭉해진다.

이윽고, 미끈하게 생긴 한 공자가 혀를 차며 패와 돈자루를 던졌다.

"에잉. 나는 죽네."

"벌써 죽었나? 그래서 남자 구실은 할는지 모르겠군."

"판에서는 죽어도 방에서는 안 죽는다 이 말이야."

돈을 잃은 공자는 옆에 있는 기녀를 와락 끌어안으며 웃었다.

그때, 다른 화화공자 하나가 농을 던졌다.

"그나저나, 오늘 술값은 자네가 내기로 하지 않았나? 그런데 벌써 돈을 다 털려서야 이를 어쩐단 말인가? 아니면 내가 돈을 좀 빌려줄까?"

"빌릴 돈이 있으면 다시 도박을 하지, 술값을 왜 내나? 기다려 봐. 술값 정도는 다 구할 방도가 있으니."

이윽고, 그는 난간 아래를 향해 턱짓했다.

화화공자 무리가 모두 고개를 길게 빼어 아래를 쳐다보았다.

그곳에는 남루한 복장을 한 사내 하나가 홀로 앉아 식사를 하고 있었다.

화화공자들은 감 잡았다는 듯 낄낄 웃으며 서로를 쳐다보았다.

"그러니까, 저 뜨내기 놈을 술자리에 끼워 준 다음에 확 벗겨 먹자 이 말이구만?"

"술 한두 잔 먹인 다음에 우리는 모두 소피를 보고 오겠다며 나가 버리는 거지."

"그보다는 건배를 하는 사이에 경공술을 써서 튀어 버리자고. 그게 더 재미있을걸?"

"딱이구만. 잔을 들어서 술을 마실 때는 보통 정면을 안 보고 위를 보잖나. 아니면 눈을 감거나. 그때를 노리면 되겠어."

"거 돈도 많은 양반들이 그깟 술값 가지고 뭘 그러나?"

"누가 돈 때문에 하나? 재미로 하는 거지. 뭐, 그 푼돈도 저 촌뜨기 놈에게는 청천에 벽력이겠지만 말이야."

이윽고, 행동력 좋은 화화공자 하나가 난간 아래의 사내를 데리고 상층으로 올라왔다.

"여기 특등석의 풍류남아들이 외로워 보이는 자네에게 한 잔 사지. 사해가 곧 동도 아니겠나? 자자, 함께 즐기자고! 새로운 친구를 위하여!"

화화공자들은 재미있어 죽겠다는 표정으로 술잔을 들어 올렸다.

뜨내기 사내 역시도 조용히 술잔을 들어 올린다.

그의 무표정한 얼굴이 곧 당혹으로 울상이 될 것을 예상한 화화공자들은 남몰래 쿡쿡 웃었다.

한 화화공자가 뜨내기 사내에게 어깨동무를 걸고 장황한 설명을 늘어놓았다.

"이봐, 자네는 어디에서 왔는가? 이곳 사천은 말이야. 지진이 잦고 비가 많은 곳이야. 구름과 안개가 엄청나게 많아서 항상 습해. 그래서 음식도 자극적이지. 짜고 맵지 않으면 쉽게 상해 버리거든. 이 구수계(口水雞)를 한번 들어 보겠나? 아니면 이 부처폐편(夫妻肺片)이랑 어향육사(魚香肉絲)는 어때? 이곳의 천채(川菜)들은 다 일품 중의 일품이라네."

그러는 동안 화화공자들은 하나둘씩 입구 쪽으로 몸을 뺐다.

건배를 하는 순간 경공술을 이용해 도망칠 생각을 하는 것이다.

얼뜨기 놈이 다른 곳에 정신이 팔린 사이 그 많던 무리들이 모두 일거에 사라져 버린다면 어떨까?

그때 저 호구가 지을 표정을 상상만 해도 웃음을 참기가 힘든 것이다.

"자 자, 건배!"

화화공자들은 남루한 행색의 사내를 향해 또다시 잔을 들어 올렸다.

"……."

사내는 천천히 잔을 들어 마셨다.

사람이란 술잔을 들이켤 때 고개를 뒤로 젖히고 잠시 다른 곳을 보기 마련이다.

그동안, 재빨리 술잔을 비운 화화공자 무리는 누가 먼저랄 것도 없이 자리에서 일어났다.

"으하하하하하— 그럼 잘 먹고 가네!"

"다음부터는 낯선 사람을 너무 믿지 말게나!"

"오늘 술값은 수업료라고 생각하시게! 그럼 이만!"

화화공자 무리들은 쏜살같이 내달려 난간 아래로 뛰어내렸다.

그러고는 일제히 경공술을 펼쳐 기루 밖으로 달아나려 했다.

……하지만.

"어?"

제일 먼저 난간 아래로 뛰어내린 화화공자의 표정이 멍해진다.

내공이 안 움직이고 있었던 것이다.

"헉!?"

"뭐야 이거!?"

"으아아아아아아!"

기세 좋게 난간 아래로 뛰어내린 것까지는 좋았는데, 경공술을 펼칠 내공이 바싹바싹 말라 버려서 움직이지 않는다.

그들은 그대로 사 층 높이에서 추락했고 전원 무릎과 발목이 부러진 채 나뒹굴게 되었다.

"아이고! 나 죽네! 으아아아아!"

분을 발라 허옇게 칠한 얼굴들이 눈물 콧물로 범벅되어 반죽처럼 변했다.

그때, 바닥을 뒹굴던 화화공자 하나가 무언가를 발견했다.

남루한 복장의 촌뜨기.

그가 천천히 계단을 내려와 기루 밖으로 나가고 있었다.

화화공자는 그 와중에도 고래고래 소리를 질러 댔다.

"너 이 새끼! 우리 술에다가 뭐 탔지!? 산공독 같은 거 탔잖아! 어쩐지 술이 맵다 싶었어 이 새끼야! 너 우리가 얼굴다 봐 놨어! 나중에 술값이랑 치료비랑 다 청구할 줄 알아!
알겠어!?"

다른 화화공자들 역시도 남루한 복장의 사내를 죽일 듯 노
려보고 있었다.

그러자.

…멈칫!

천천히 걸어가던 사내가 돌연 발걸음을 멈추더니.

저벅- 저벅- 저벅-

화화공자들이 널브러져 있는 곳을 향해 걸어오기 시작했
다.

패기 좋게 소리 질렀던 화화공자들은 사내가 자신들의 앞
에 서자 살짝 주춤했다.

하지만 술에 취했겠다, 몸도 아프겠다, 망신도 당했겠다,
더 이상 잃을 게 없다고 생각했던 화화공자들은 여전히 목소
리를 높였다.

"오면 어쩔 건데?"

"야! 애들 불러! 다 불러 모아!"

"너 이 새끼! 오늘부터는 잠도 못 잘 줄 알아!"

"집 주소 불러 이 새끼야! 술값에 치료비 청구하게!"

그러자. 남루한 행색의 사내가 입을 열어 집 주소를 밝혔
다.

"사천당가."

"……!"

그 말을 듣는 순간 화화공자들은 펄펄 끓는 기름에 내던져진 개구리들처럼 일거에 조용해졌다.

이윽고.

덜덜덜덜덜……

화화공자들은 한 명도 빠짐없이 시선을 땅으로 내리깔고는 몸을 떨기 시작했다.

턱—

남루한 복장의 사내가 가장 시끄럽던 화화공자 하나의 어깨에 손을 올렸다.

그러고는 나지막한 목소리로 말했다.

"꼭 받으러 와라. 술값."

화화공자의 가랑이가 축축하게 젖어 든다.

사천의 당문을 상대로 술값을 청구하려 드는 미친 자가 세상에 어디 있겠는가.

천하 오대세가의 일원이자 정도십오주의 한 기둥인 사천 당가는 그 안에 속한 하인들마저도 어지간한 무가의 자제들을 깔볼 수 있는 실력을 지녔다고 알려져 있다.

게다가 당가의 식솔들은 하나같이 괴팍한 심성과 기괴한 취미를 가지고 있다고도 들었다.

한마디로, 잘못 걸렸다가는 여러모로 끔찍한 꼴을 겪게 된다는 뜻이다.

"……"

이윽고, 사내는 조용히 일어나서 기루를 떠났다.

화화공자들은 그가 사라진 이후에도 한동안 고개를 들지 못했다.

하나같이 오줌을 지린 채 말이다.

추이는 현재 사백정 당삼랑의 얼굴 가죽을 뒤집어쓰고 있었다.

이윽고, 추이는 당가의 집성촌 입구에 도착했다.

당가타(唐家陀).

산봉우리처럼 높은 언덕배기의 비탈에 수많은 전각과 누각이 줄지어 늘어져 있다.

마치 거대한 뱀 한 마리가 산을 빙빙 둘러 감은 모양새의 집성촌.

곳곳에 자리 잡고 있는 커다란 교각과 축대, 울창한 나무들이 윗집과 아랫집의 비탈을 이어 주고 있었다.

추이는 산비탈 가장 아래에 있는 커다란 장원 앞 대문으로 향했다.

대문 앞에는 커다란 현판 하나가 붙어 있었다.

天下第一藥家.

천하제일 약가.

하지만 세간의 대부분은 이것을 다르게 읽는다.

천하제일 독가(毒家).

독은 곧 약이요, 약은 곧 독이다.

정도에서 가장 약을 잘 다루는 사천당가는 곧 정도에서 가장 독을 잘 다루는 세가이기도 한 것이다.

그리고 추이는 오늘 바로 이곳, 사천당가의 삼공자 자격으로 서 있는 것이다.

저벅– 저벅– 저벅–

추이가 대문 앞으로 걸음을 옮기자 저 멀찍이 서 있던 두 명의 문지기가 즉각 반응했다.

"정지."

"거기 멈춰라."

시작부터 말이 짧다.

추이가 고개를 들자 문지기들은 심드렁한 표정으로 말했다.

"아무리 어린 거지라고 해도 세상 물정은 알아야지."

"이곳은 동냥하는 곳이 아니다. 가라."

그들은 대놓고 추이를 거지 취급하고 있었다.

물론 험한 산을 넘고 넓은 물을 건너오느라 추이의 몰골이 지저분한 것은 맞다.

그 빈번하던 모래바람 비바람을 그냥 맞고 왔으니 말이다.

이윽고, 추이는 앞머리카락을 뒤로 쓸어 넘겼다.

당삼랑의 얼굴이 따사로운 햇볕 아래 훤히 드러났다.

"나다. 열어라."

"네가 누군데?"

하지만 문지기는 조소를 머금은 채 팔짱을 낄 뿐이다.

당삼랑의 얼굴을 전혀 알아보지 못하는 눈치였다.

결국 추이는 제 입으로 정체를 밝혔다.

"당삼랑."

"……?"

그 이름을 들은 문지기 둘은 고개를 갸웃한다.

그러더니.

"……!"

이내 두 눈을 휘둥그렇게 뜬다.

그러고는 깜짝 놀랐다는 듯 입을 벌렸다.

"근데 어쩌라고?"

"아무튼 못 들어가십니다."

문지기들의 반응을 본 추이의 미간이 꾸깃하게 접혔다.

'……아무래도 약간의 수고로움은 감수할 필요가 있겠군.'

다소 귀찮긴 하지만 어쩔 수가 없다.

아랫것들 교육이 필요한 시점인 것 같았다.

사백정 당삼랑은 사천당가의 삼공자이다.

하지만 그가 일개 문지기들에게도 무시를 당하는 이유는 따로 있었다.

얼자(孼子).

사천당가의 가주 당무상이 매춘부와의 관계에서 실수로 낳은 아이.

아비를 닮지 못하고 어미를 닮는 바람에 재능도 없었던.

그래서 출생을 비관하여 망나니처럼 살다가 가문 내의 시선을 버텨 내지 못하고 가출해 버린 낙오자.

추이는 문지기들의 태도에서 당삼랑이 살아생전 가문 내에서 가지고 있었던 입지를 명확하게 인식할 수 있었다.

'……하지만 아무리 그렇다고 해도 문지기들 따위에게 무시를 당할 정도는 아니지.'

당삼랑이 집을 나간 지 오래되다 보니 문지기들마저 감을 잃어버린 모양이다.

한편, 문지기들은 저희들끼리 수군거리며 킥킥거리고 있었다.

"거지새끼가 어디서 주워들은 것은 있어서. 집 나간 삼공자가 뜬금없이 왜 지금 돌아오겠냐고."

"뭐, 그렇다고 해도 우리는 떳떳하지. 가주님이 모레까지 절대 대문을 개방하지 말라고 엄포를 놓으셨으니 말이야. 막말로, 제까짓 얼자 놈이 뭘 어쩔 거냔 말이야."

그들은 눈앞에 있는 당삼랑이 가짜일 것이라 믿고 있었다.

그리고 설령 그가 진짜 삼공자라고 해도 상황이 달라질 것은 없다고 생각했다.

"이봐. 문지기."

당삼랑이 그들의 바로 앞까지 걸어오기 전까지는.

"?"

두 명의 문지기가 추이를 내려다본다.

추이는 느릿한 어조로 말을 이었다.

"너희들의 성이 무어냐?"

"……?"

추이의 질문을 들은 문지기들이 눈썹을 까닥 움직인다.

이름을 묻지 않고 성만 묻는 사람은 처음이었기 때문이다.

"나는 송가(宋家)요."

"나는 김가(金家)이오만?"

시큰둥한 어조로 대꾸하는 두 문지기.

추이는 이어서 말했다.

"나는 당가(唐家)다."

"……."

"송(宋), 김(金). 너희들은 당(唐)에 고용된 사용인이 아니냐?"

"……."

"나는 너희들을 고용한 고용주의 핏줄이고."

추이는 어느덧 두 문지기들의 바로 앞에 서 있었다.

"사용인이 고용주를 만났으면 예의를 갖추어야지."

"허 참."

문지기들은 코웃음을 치며 시선을 피한다.

바로 그때.

…빠각!

문지기 하나가 별안간 다리를 절며 뒤로 물러났다.

추이가 문지기의 정강이를 발로 걷어찬 것이다.

"쳐웃지 말고."

"이, 이게 무슨 짓……!?"

다른 문지기가 눈을 크게 뜨고 소리쳤으나.

…빠각!

그 역시도 추이의 발길질에 정강이를 얻어맞고 깡충깡충 뛰어 물러나는 신세가 되었다.

성큼―

추이는 한 발을 내디뎌 문지기들에게 또다시 바싹 붙었다.

"차렷."

"이, 이러고도 무사할……."

문지기가 당혹스럽다는 듯 이를 악물었으나.

…빠각!

아까 맞았던 정강이에 또 맞았다.

추이의 발끝에 실려 있는 묵직한 내공에 맞으면 마치 끝이 뾰족한 망치로 정강이뼈를 두들겨 맞는 듯한 격통이 느껴진다.

…빠각!

추이는 옆에 있는 다른 문지기 역시도 한 번 더 걷어찼다.

같은 곳을 연달아 걷어차인 문지기들은 깨금발로 뛰어 뒤로 물러났다.

성큼–

추이가 한 발자국을 더 앞으로 내디뎠다.

"차렷."

"이런 미친! 침입자다!"

두 문지기가 주먹을 내뻗었다.

당문권(唐門拳).

당가에서 하인들에게도 전수해 주는 권법.

하지만 그 위력은 어지간한 중소 문파의 비전절기보다도 훨씬 더 강하고 사납다.

쿠르르르르륵!

두 문지기가 내뻗는 주먹에서는 희미하게나마 녹푸른 내력이 넘실거리고 있었다.

그러나.

틱– 틱–

추이는 손바닥을 휘둘러 문지기들의 주먹을 쳐 냈다.

"……!"

두 문지기는 자신들의 주먹이 허무하게 튕겨 나간 것에 놀란 표정을 지었다.

하지만.

"어디서 사술을!?"

"믿는 잔재주가 있었구나! 하지만 여기는 당문이다!"

문지기들은 곧바로 자세를 고친 뒤 수도(手刀)를 휘둘렀다.

이번에는 최대의 내력을 꽉꽉 눌러 담은 채로 말이다.

하지만.

틱- 틱-

추이는 이번에도 손바닥을 휘둘러 문지기들의 주먹을 쳐 냈다.

마치 날벌레들이라도 쫓아내듯, 아주 가볍게 말이다.

"……!?"

문지기들은 손날을 통해 전해져 오는 묵직한 내력에 경악했다.

당랑거철(螳螂拒轍). 거대한 수레바퀴를 앞발로 내리친 사마귀의 심경이 아마 이럴까?

문지기들이 미처 무어라 수습을 하기도 전에.

…빠각! …빠각!

다시 한번 정강이, 아까와 똑같은 곳에 추이의 발끝이 꽂혔다.

두 문지기는 또다시 같은 곳을 얻어맞고는 깡충깡충 뛰어 뒤의 대문에 기대었다.

"고, 공자님! 잠깐만요! 잠깐만 대화를⋯⋯."

질겁한 문지기들이 소통을 시도하려 했으나.

"주인이 하인과 무슨 대화를 하느냐? 차렷."

추이는 그저 무표정한 얼굴로 또다시 발길질을 할 뿐이다.

⋯빠각! 뚝!

같은 곳을 네 번이나 걷어차이자 결국 일이 벌어졌다.

정강이뼈가 부러져 버린 것이다.

"끄윽! 끄ㅇㅇㅇㅇㅇㅇㅇㅇ⋯⋯."

두 문지기는 다리를 부여잡은 채 문에 등을 기댔다.

하지만 자존심 때문인지, 그들은 한쪽 다리가 부러졌음에 도 불구하고 쓰러지지 않고 버티고 있었다.

마치 닭싸움이라도 하는 듯 어정쩡한 자세를 취한 채 말이 다.

스윽⋯⋯

추이가 다시 한번 다리를 들어 올렸다.

또다시 정강이를 걷어찰 참이다.

그러자 문지기들이 다급하게 말했다.

"고, 공자님! 진정하시고 말씀을 좀 들어 주십시오!"

"지금 가내(家內) 무예대회가 막 끝난지라 안쪽이 어수선합니다! 게다가 대회 도중에 상을 치러야 할 일이 벌어져서 한동안 방문객 입장을 불허한다고 하셨습니다! 이건 가주님께서 직접 하신 말씀……."

하지만 추이에게 있어서 그런 것은 알 바가 아니다.

"차렷."

또다시 추이의 발이 문지기들의 정강이를 걷어찬다.

이번에는 아까 찼던 다리의 반대편, 멀쩡한 다리였다.

…빠각! …뻑!

한쪽 다리로 서 있던 차에 그것까지 얻어맞으니 도저히 버틸 재간이 없다.

"끄아아아아아아아아악!"

두 문지기는 비명을 터트리며 흙바닥을 나뒹굴었다.

너무 아파서 눈물이 절로 나온다.

몸을 일으키기는커녕 숨을 제대로 쉬기조차 힘들었다.

'뼈만 아픈 게 아니라 전신이 다 아픈 것 같다. 웬놈의 발길질이 이렇게도 독하단 말이냐!'

'미친! 무슨 군바리도 아니고, 한평생 남의 정강이만 차 본 놈 같잖아!'

양쪽 다리가 각각 뻘겋고 퍼렇게 부어올랐다.

정강이뼈에 쇠못이 박힌 상태에서 망치로 못 머리를 마구 내리친다고 하더라도 이만큼 아프지는 않을 것 같았다.

……하지만 지금 그런 것이 중요한 게 아니었다.

"차렷."

추이가 발을 들어 올린 채 다시 한번 말한다.

여기서 끝낼 생각은 조금도 없다는 듯, 지극히 여상한 태도였다.

그 와중에 두 문지기는 추이의 눈빛을 보았다.

"……!"

아무런 살기도, 원한도, 미움도 없이, 그저 벌레 두 마리를 밟아 죽이려는 듯한 시선.

오싹—

사람이 같은 사람을 저렇게도 쳐다볼 수 있는가.

대화도 같은 사람끼리나 통하는 것이다.

타인을 저런 식으로 내려다보는 사람과 대화가 통할 리가 없지 않은가.

두 문지기는 재빨리 자신들의 입장을 정했다.

…처억!

문지기들은 비틀거리는 움직임으로 벽을 짚고 일어나 추이의 앞에 시립했다.

한쪽 다리가 부러지는 고통 정도는 꾹 참아야 한다.

그렇지 않으면 남은 한쪽 다리마저 부러질 것이다.

두 문지기는 허리를 있는 힘껏 쭉 펴고는 두 주먹을 허벅다리 바깥쪽에 대고 바짝 붙였다.

차렷. 이 세상에서 가장 공손한 기착(氣着) 자세.

두 문지기는 추이의 앞에 선 채 바들바들 떨고 있었다.

"······."

"······."

정강이를 또 걷어차일까, 두 눈을 질끈 감은 채 식은땀을 뻘뻘 흘리는 것이 제대로 쫄아 붙은 모양.

그제야 추이가 느른한 어조로 말했다.

"가문에 어떤 예기치 못한 귀빈이 방문하실 줄 알고 감히 그따위 태도로 접객을 하느냐?"

"죄, 죄송합니다."

"설령 대접할 가치가 없는 손님이 온다고 한들, 그것은 너희 같은 잡부들이 판단할 사안이 아니다. 앞으로 한 번 더 이런 태도가 눈에 띈다면 네놈들을 신약 실험용 생쥐 대신 써 주마."

"다시는 이런 일 없도록 하겠습니다. 부, 부디 선처를······."

"문이나 열어라."

추이가 턱을 까닥 움직이자 문지기들은 절뚝절뚝 움직여 대문을 열었다.

끼기기기기긱······

추이는 반쯤 열린 대문 안으로 성큼성큼 걸어 들어갔다.

간만에 군에 있었던 시절을 회상했더니 구역질이 올라온다.

자신의 정강이를 걷어차던 선임들의 시선을 떠올린 추이
는 고개를 절레절레 저었다.

'……생애 하나를 건너뛰어 와도 군대의 악폐습 부조리는
기억에 뚜렷이 남는군.'

군역을 마친 사내들이라면 아마 시공을 초월한 모든 이들
이 공감할 수밖에 없을 것이다.

그때.

"거기, 웬 놈이냐?"

장원 쪽에서 한 중년인의 목소리가 들려왔다.

"분명 대문으로는 아무도 들이지 말라 했을 텐데?"

추이는 목소리가 들려온 방향을 향해 고개를 돌렸다.

검은 상복을 입고 흰 늑건(勒巾)을 두른 한 중년인이 추이
를 바라보고 있었다.

옆으로 길게 찢어진 눈꼬리, 뱀의 것과도 같은 동공, 창백
한 피부, 높은 콧대, 날카로운 턱선, 큰 키.

긴 머리카락을 뒤로 땋아서 말총처럼 묶고 있었고 단단해
보이는 몸에서는 경계심이 뿜어져 나오고 있었다.

전체적으로 보면 헌앙하고 잘생긴 미남이었으나, 눈초리
가 사나워서 그런지 어딘가 꺼림칙한 느낌이 드는 중년인이
었다.

그리고 추이는 그의 정체를 곧바로 알아보았다.

'오늘 아니면 내일 중으로 볼 일이 있을 것이라 생각했는

데, 이렇게 바로 만나게 될 줄이야.'

매도 먼저 맞는 것이 낫다던가.

추이는 차라리 잘됐다고 생각하고는 몸을 돌렸다.

그러자 추이의 얼굴을 본 중년인의 시선이 흔들렸다.

"……!"

이윽고, 그의 눈이 가늘게 좁아지며 눈가 주변에 패여 있
던 깊은 잔주름들이 더 넓게 퍼져 나간다.

추이는 조금의 머뭇거림도 없이 중년인의 시선을 마주 대
했다.

사천당가의 가주 당무상(唐無上)을 마주하는 순간이었다.

*

사천당가는 다른 세가들에 비해 훨씬 더 폐쇄적이다.

그들은 독자적으로 개발한 암기 제작법, 독 조합법, 암기
술, 용독술 등의 유출을 막기 위해 철저한 데릴사위제를 운
영한다.

일단 당가의 일원이 된 이들은 성을 당씨로 바꾸어야 한
다.

그런 당가에는 내당(內堂)과 외당(外堂)이 존재하는데 내당
은 태어나면서부터 당씨 성을 가진 이들이, 외당에는 후천적
으로 당씨 성을 갖게 된 이들이 소속된다.

가령 데릴사위나 당가에 큰 이익을 안겨 주어 명예 성씨를 수여받은 이들 말이다.

'······그리고 당무상은 드물게도 외당 출신이지.'

추이는 심상뇌옥 속에 갇혀 있는 당삼랑의 기억들을 훑었다.

당무상(唐無上).

별호는 신의(神醫), 혹은 천하제일의(天下第一醫).

그는 서열 말석의 데릴사위로 당가에 들어와 고작 불혹(不惑)을 조금 넘긴 나이에 가주 자리에 오른 입지전적인 인물이었다.

힘이면 힘, 머리면 머리, 뭐 하나 빠지는 것이 없는 철인이라는 뜻이다.

'그리고 꽤나 까다로운 인간이었던 것으로 기억하는데.'

회귀하기 전, 추이는 딱히 당무상과 대면했던 적이 없었다.

당무상은 극도로 폐쇄적인 성격이었고 공적인 만남 외에는 타인과 거의 마주하지 않았기 때문이다.

다만 추이는 협개 구예림이 저술한 '무림사영웅열전(武林史英雄列傳)'에 실린 당무상에 대한 기록을 읽었던 적이 있었다.

그 내용은 다음과 같았다.

─당무상. 그는 전형적인 사천 사람, 전형적인 당가인이다.

-사상이나 기백, 인격에 이르기까지 동갑내기인 남궁파 (南宮破)와는 동렬에 놓고 논할 수 없는 인간.

-편협(偏狹), 교활(狡猾), 오만(傲慢), 이기(利己)라는 여덟 글 자를 합쳐서 사람 모양으로 빚어 놓으면 딱 이런 인물이 될 것이다.

추이가 과거를 회상하는 동안 당무상은 꼿꼿하게 선 자세 로 이쪽을 내려다보고 있었다.

마치 벌레를 보는 듯 경멸 어린 시선으로 말이다.

"오랜만에 보는구나."

"⋯⋯."

"당씨 성을 버리겠다며 뛰쳐나가던 그날의 기억이 어제처 럼 생생하거늘, 무슨 염치로 되돌아왔느냐?"

당삼랑. 자신의 사생아를 바라보는 당무상의 표정은 싸늘 하기만 하다.

하지만 그의 감정과는 별개로, 추이는 당무상에 대한 감정 이 그리 나쁘지 않았다.

당무상이 경멸하는 것은 원체 글러 먹은 놈이었던 사백정 당삼랑에 대한 감정일 뿐이기 때문이다.

그리고 또한, 추이는 구예림의 인물 평전 뒷부분 역시도 또렷하게 기억하고 있었다.

-……하지만 적일 때에는 그토록 성가셨던 자가 막상 아군이 되고 나면 더없이 든든하게 느껴지는 법.

　-혈교(血敎)의 준동. 정도무림의 수명이 경각에 다다른 비상시국 당시, 당무상의 이러한 됨됨이는 정도무림에 있어서 오히려 큰 홍복이었다.

　-전시(戰時) 상황 속에서, 그의 가문에 대한 애착은 정도무림 전체로 확대되었다. 극도의 내집단 우선주의가 정도무림 전체를 감싸게 되었을 때, 당무상의 편협, 교활, 오만, 이기는 곧 혈교 하나만을 향하게 된 것이다.

　-당무상의 독과 암기, 사특한 간계, 모략, 권모술수 등은 혈교의 진격을 아주 효과적으로 저지해 냈다.

　-돌이켜 보면 그는 혈마(血魔)의 가장 큰 난적들 중 하나였을 것이다.

　평상시의 당무상은 오직 자신의 가문, 자신의 식솔들만을 위한다.

　하지만 혈교가 정도무림 전체를 위협하는 형국이 되자 당무상의 내집단 우선주의는 정파 전체를 감싸게 되었다.

　당무상은 정파의 무림인이라면 상상도 하지 못할 간교한 술책과 비열한 수단, 잔혹하고도 음험한 방식으로 혈교인들을 도륙 냈다.

　정파의 껍데기만 둘러썼을 뿐, 사실 혈마 홍공에 필적할 정도로 잔인무도하고 교활한 이가 바로 당무상이었다.

말하자면 이독제독(以毒制毒).

독으로 독을 제압하는 형국 그 자체였던 셈이다.

"……."

추이는 눈앞에 있는 갸팍한 인상의 중년인을 물끄러미 바라보았다.

당무상이 이쪽을 향해 보내고 있는 불쾌하고, 음습하며, 교활해 보이는 저 눈빛이 언젠가는 홍공을 향하게 될 것을 생각하니 추이는 그가 전혀 믿게 보이지 않았다.

오히려 이 세상 그 누구와도 손을 잡지 않을 것 같은 저 반사회적인 모습에 묘한 신뢰가 느껴지기까지 했다.

한편, 당무상은 자신을 빤히 바라보고 있는 추이의 시선에 눈살을 더욱 찌푸렸다.

"뭘 멀뚱히 서 있느냐? 묻는 말에 대답을 해라. 당씨 성을 버리겠다며 제 발로 집을 나갔던 놈이 무슨 용기로 되돌아왔느냐는 말이야."

사실 이렇게 추궁해서 해명할 수 있는 일도 아니다.

당삼랑은 사생아이긴 해도 나름 가주의 직계 혈족이었던 만큼 당가의 비밀스러운 정보들을 많이 알고 있었다.

그 때문에 당가에서는 무작정 달아났던 그에게 은밀히 현상수배를 걸어 놓았던 것이다.

그런데 그랬던 당삼랑이 이런 백주(白晝)에 대놓고 정문을 통해 들어올 줄이야.

그것도 문지기들을 두들겨 패는 소란까지 벌이면서.

이러니 당무상이 의심스러운 눈초리를 보내오는 것은 당연한 일이었다.

그때, 추이가 무심한 어조로 대답했다.

"당가 사람이 당가에 오는데 무슨 놈의 염치와 용기가 필요하겠습니까?"

"뭐라?"

당무상이 기가 막히다는 듯 입을 반쯤 벌렸다.

예전의 당삼랑은 감히 당무상의 앞에서 고개도 제대로 들지 못했었다.

하물며 말대꾸를?

아예 상상조차도 못 했을 일이다.

당무상은 황당함을 드러내며 물었다.

"네놈이 왜 당가냐? 변성(變姓)을 했으니 견(犬)가든 저(猪)가든 네 맘대로 갖다 붙이면 될 일이지."

당씨 성을 버리고 나간 놈은 개나 돼지와 다를 바 없다.

그것이 당무상의 입장이었다.

하지만.

"당가의 성을 버리기 위한 절차를 밟지 않고 나갔으니 저는 아직 당가 사람입니다."

"……!"

추이의 말을 들은 당무상의 두 눈이 크게 벌어졌다.

그렇다. 당가에는 스스로 성을 버리고 가문을 떠날 때의 의식이 있다.

'추골육식(抽骨肉式)'.

차라리 죽음을 선택하는 것이 나을 정도로 끔찍한 시련.

당가와 절연하고 싶은 당가인은 이 의식을 거쳐야 비로소 당씨 성을 버리고 가문으로부터 자유로워질 수 있는 것이다.

당무상은 어처구니가 없다는 듯 입을 열었다.

"네 입으로 감히 '추골육'의 의식을 언급하다니. 제정신이 아닌 모양이로구나."

추골육식은 말 그대로 골육지정(骨肉之情)을 끊어 놓기 위한 의식이다.

과정 자체는 간단하다.

사람의 몸에서 뼈와 살을 모두 뽑아내고 발라내는 것.

즉, 인연을 끊고 싶으면 부모로부터 물려받은 모든 것을 내어놓고 가라는 것이다.

말이 성을 버리는 과정이지, 사실상 가문의 비밀이 새어 나가지 않게 죽여서 입막음을 하는 것이나 다름없는 짓.

하지만 지금 추이는 그 과정을 자청해서 받겠다고 하고 있었다.

"……."

"……."

한동안 추이의 눈을 바라보던 당무상이 이내 고개를 끄덕였다.

"그래. 골육을 반납하는 것이 소원이라면 그리해야지."

그의 시선이 스산하게 가라앉았다.

"게 누구 없느냐. 의식에 쓸 자루와 쇠몽둥이를 가져와라."

상복을 입고 있는 것과는 썩 어울리지 않는 대사였다.

＊＊＊

추골육식이 시작되었다.

추이는 두꺼운 가죽자루에 담긴 채 솟대 위에 매달렸다.

'……그러고 보니 전에 비슷한 것을 본 적이 있군.'

추이는 예전에 쾌활림(快活林)에서 겪었던 일을 떠올렸다.

'저 멀리 사천당가(四川唐家)라는 곳에는 '추골육식'이라는 살벌한 형벌이 있다고 하지. 나도 사(巳) 사형에게 들었던 건데 말이야. 어디 보자, 이렇게 하는 거랬던가?'

견술이 불구대천의 원수인 서문경과 반금련에게 했던 것과 비슷한 의식이었다.

건장한 체격의 외당 무사 다섯이 쇠로 만들어진 곤장을 들고 솟대를 포위했다.

당무상은 태연한 표정으로 지시를 내렸다.

"이것으로 골육의 정을 끊겠다. 시작해라."

이윽고, 뼈와 살을 뽑아내는 작업이 개시되었다.

…퍽! …퍽! …퍽! …퍽! …퍽! …퍽! …퍽! …퍽! …퍽! …퍽!

가죽 자루 속에 들어간 추이를 향해 다섯의 고수가 쇠몽둥이를 휘둘렀다.

뿌직— 뻑! 뿌드드득!

매질이 계속될수록 십수 겹으로 겹쳐진 두꺼운 자루가 여기저기 터져 나간다.

"……."

상복을 입은 당무상은 그 광경을 물끄러미 바라보고 있었다.

수없이 많은 곤장들이 가죽 자루를 두들긴다.

…퍽! …퍽! …퍽! …퍽! …퍽! …퍽! …퍽! …퍽! …퍽! …퍽! …퍽! …퍽! …퍽! …퍽! …퍽! …퍽! …퍽! …퍽! …퍽!

살이 터지고 뼈가 부러지는 소리가 자루 바깥으로 쩌렁쩌렁 울려 퍼지고 있었다.

다섯 고수들이 점점 내력을 극한으로 끌어올린다.

그들은 여전히 굵은 땀방울을 뻘뻘 흘려 가며 쇠몽둥이를 휘두르고 있었다.

떨어져 내리는 곤장의 수는 어느덧 백을 넘고 천을 넘어

만에 가까워진다.

이 정도면 커다란 소도 피곤죽으로 변해 버렸을 시간이었
다.

…퍽! …퍽! …퍽! …퍽! …퍽! …퍽! …퍽! …퍽! …퍽! …
퍽! …퍽! …퍽! …퍽! …퍽! …퍽! …퍽! …퍽! …퍽! …퍽! …
퍽! …퍽! …퍽! …퍽! …퍽! …퍽! …퍽! …퍽! …퍽! …퍽!

이윽고, 당무상이 손을 들어올렸다.

"그만. 이제 멈춰라."

이 정도면 골육지정을 끊어 냈다고 생각한 것일까.

비정한 아비는 가죽 자루를 열라고 명령했다.

…뎅그렁!

거의 'ㄱ'자 모양으로 휘어진 쇠몽둥이들이 바닥을 나뒹굴
었다.

이윽고, 곤장을 때리던 다섯 무사들이 솟대에 매달린 가죽
자루를 끌어 내렸다.

그리고 그것을 연 순간.

"……!?"

"……!?"

"……!?"

"……!?"

"……!?"

다섯 명 전원이 기절할 듯 놀라며 뒤로 엉덩방아를 찧는

다.

매타작을 했던 고수들이 이처럼 기절초풍하고 있는 이유는 간단했다.

"끝났나?"

추이가 가죽 자루 속에 멀쩡한 상태로 앉아 있었기 때문이다.

몸 이곳저곳에서 피가 흘러나오고 있기는 하지만 쇠몽둥이 곤장 일만 대를 맞았다고는 전혀 생각할 수 없는 멀쩡한 모습이었다.

'……이 정도 상처쯤이야 금방 회복된다.'

추이는 끊어진 힘줄과 터진 살점, 부러진 뼈들이 급속도로 아무는 것을 느끼고는 고개를 들었다.

그러자 엉덩방아를 찧었던 무사들은 뒤로 주춤주춤 물러났다.

추이가 귀신인지 아닌지 헷갈려 하는 듯한 기색이었다.

이윽고, 추이의 앞으로 당무상이 걸어왔다.

그는 매우 불편한 기색으로 입을 열었다.

"믿는 구석이 있었구나. 밖에서 뭔가 깨달음을 얻었던 모양이로군."

"……."

"의기는 잘 알았다. 이제부터 너의 골육은 가문에 반납된 것으로 치마."

당무상은 추이를 향해 냉랭한 어조로 선언했다.

"너는 이제부터 당가의 사람이 아니다. 어디로든 마음대로 가거라."

극도로 이례적인 일이었다.

애초에 추골육식에서 살아남는 경우가 거의 없었고 설령 살아남는다고 해도 폐인이 되어 버리는 것이 당연하다.

당가의 대외비들을 많이 안다는 이유만으로 당삼랑에게 살수까지 파견했던 당무상으로서는 뒷맛이 쓸 수밖에 없는 상황이었다.

……바로 그때.

"소자. 당가의 성을 막 버린 시점에서 한 말씀 올리겠습니다."

추이가 당무상을 똑바로 쳐다보며 입을 열었다.

"……?"

돌아서려던 당무상이 고개를 돌린다.

추이는 조금의 머뭇거림도 없이 말을 이었다.

"당가의 성을 다시 얻고 싶습니다."

"……!"

당무상의 두 눈이 크게 벌어질 만한 대사였다.

나타삼태자(哪吒三太子).

그는 태어나자마자 바다를 목욕물 삼아 풍랑을 일으켰고

이에 놀란 교룡이 나타나자 수염을 뽑아 죽여 버렸다.

나타의 아비인 탁탑천왕 이정은 통제가 안 되는 자식을 두려워하여 멀리했다.

이에 슬픔과 분노를 느낀 나타는 자신의 뼈와 살을 뽑아내서 부모에게 돌려주었다.

-『서유기』中-

당무상.

그는 묘한 시선으로 당삼랑을 바라보고 있었다.

'……녀석이 저 정도였던가?'

추골육식의 과정을 눈 하나 깜짝하지 않고 버텨 내는 근성과 힘.

당가의 외당 무인들이 휘두르는 쇠몽둥이를 만 대나 버텨 냈다는 것은 당삼랑이 이미 내력을 피부의 세밀한 혈맥 곳곳으로 보내 굳히는 법을 터득했다는 뜻이다.

무공의 경지로 따지자면 초일류를 넘어서 절정 초입의 부근에 이르렀다는 말이기도 했다.

'저것을 어찌할꼬.'

당무상은 턱을 짚은 채 고민했다.

당삼랑. 한 매춘부와의 관계에서 낳은 사생아.

출생부터가 아비의 약점이 되는 존재.

그런 주제에 타고난 무재(武才)도 없어서 늘 가문 내에서 천덕꾸러기 신세였던 낙오자.

당무상이 봤던 셋째 아들은 늘 얼자라는 열등감에 찌들어 있었다.

한때는 기대를 가지고 훈육 및 교정을 해 보려고도 했으나 워낙 근성이 없고 열등감만 심해서 번번이 엇나갔었다.

심지어. 가만히 있기라도 하면 반이라도 갈 것을, 자기보다 약한 자들에게는 패악을 부리고 잔혹한 행동을 서슴치 않는 통해 가문의 위신이 실추되는 것이 부지기수였다.

그래서 당무상은 서서히 아들에 대한 정과 미련을 끊어 냈다.

가뜩이나 냉혈한인 그였기에 가능한 일이기도 했다.

결국 당삼랑이 가문에서 탈주하는 것은 예정된 수순일지도 몰랐다.

가문을 나가기 전, 당삼랑은 가문 내의 비전절기들을 몰래 훔쳐 익혔고 그것이 들통나는 즉시 도주해 버렸다.

당무상은 본디 당삼랑이 당가의 외당 담장을 넘기 전에 잡아서 처분할 수 있었지만 굳이 그렇게 하지 않았다.

원로원의 격렬한 항의에도 불구하고 말이다.

어쩌면 그것이 그의 가슴속 깊은 곳에 숨겨져 있던 최후의 골육지정이었을지도 몰랐다.

'가규(家規)를 어기고 무단으로 자취를 감추어 연락을 끊었던 점. 그 와중에 가문의 비전절기들을 탈취했었던 점. 그 외 가문의 명예를 실추시켰던 점. 처벌을 해야 할 근거는 이리도 많다.'

죄질로 따지자면 극히 불량하다.

제아무리 가문의 일원이라고 해도 잡아서 처벌해야 하는 것이 마땅한 일이다.

……설령 그것이 가주의 직계라고 해도.

'하지만.'

당삼랑은 제 발로 가문에 돌아왔다.

그리고 이미 추골육식의 정식 과정을 모두 통과했다.

추골육식을 통해 부모에게 물려받은 뼈와 살을 모두 반납한 이상 천륜은 없던 것이 되었고, 이로써 당삼랑은 완전한 남이 된 것이다.

가족이 아닌 남을 가규에 의해 처벌하는 것은 어불성설이었다.

'저 녀석은 당가의 용독술과 암기술에 대해 너무 많은 것을 알고 있다. 게다가 지금껏 어디서 무엇을 하다 왔는지도 의심스러운 일. 추궁할 것이 너무나도 많은데…….'

아무리 생각해 봐도 절대 놓아주어서는 안 된다.

무슨 핑계를 대서라도 놈을 가문 내에 붙잡아 두어야 했다.

'그러나 추골육식을 통과한 이는 외부인. 남을 가문 내에 가둬 둘 수는 없는 일이다. 허나 그렇다고 해서 가문 밖으로 살려서 내보냈다가는 원로원에서 난리를 칠 것이 뻔하지.'

당무상은 지금 당장 어떤 판단을 내려야 할지에 대해 깊게 고민하고 있었다.

바로 그때.

"당가의 성을 다시 얻고 싶습니다."

"……!"

성을 버린 사생아의 입에서 놀라운 발언이 튀어나왔다.

추골육식(抽骨肉式).

당씨 성을 버리기 위한 의식이 있듯, 당씨 성을 얻기 위한 의식 역시도 존재한다.

그것은 '수골육식(受骨肉式)'이라 부르는 또 다른 시련이었다.

뽑을 추(抽)와 받을 수(受).

당삼랑은 성을 버리자마자 그것을 다시 얻기 위한 시험을 치려 하고 있는 것이다.

신의 당무상의 두 눈이 가늘어졌다.

그동안 수없이 많은 환자들의 겉과 속을 단번에 파악해 냈던 통찰안(洞察眼)이었다.

"무엇이냐? 무슨 꿍꿍이지?"

"용서를 빌기 위함입니다."

"용서?"

"마음대로 가규를 어기고 도망쳤던 과거의 저는 당씨 성을 쓸 자격이 없습니다. 하지만…… 이제는 다를 것입니다."

당삼랑의 눈이 빛났다.

"다시 한번 제게 당씨 성을 내려 주신다면, 그때는 실망시켜 드리지 않겠습니다."

"……."

당무상은 손을 들어 올려 턱을 쓸었다.

어차피 이대로 놓아줄 수는 없는 상황이었다.

당삼랑이 추골육식을 통과하자마자 바로 수골육식에 도전한다면?

그 중간에 죽어도 좋은 일이고 통과한다고 해도 본전이다.

오히려 집안에 잡아 놓을 수 있다면 대외비 정보들의 유출을 막을 수 있으니 훨씬 더 통제가 편하지 않겠는가.

이윽고, 당무상은 고개를 끄덕였다.

"수골육식은 추골육식보다 힘들 것이다. 몸을 좀 추스르고 나서 도전해라."

"바로 할 수 있습니다."

"……!"

당삼랑의 대답을 들은 당무상의 눈살이 찡그려졌다.

"추골육식과 달리 수골육식은 내공만으로 돌파할 수 있는 시험이 아니다. 알고 있을 터인데?"

"예."

"……"

당삼랑의 평이한 어조에서는 자신감이 묻어 나고 있었다.

결국 당무상은 고개를 끄덕였다.

"원하는 대로 하게 해 주어라."

당가의 무인들이 다시 한번 바쁘게 움직이기 시작했다.

당삼랑, 아니 추이.

추이는 현재 눈앞에 놓인 아홉 개의 약탕기를 바라보고 있었다.

수골육식의 과정은 간단했다.

시험자는 작은 방 안에 들어간다.

방구들 밑의 아궁이에는 엄청난 양의 장작이 타고 있어서 방바닥의 온도는 불에 달구어진 철판을 방불케 한다.

이런 환경에서 시험자는 총 아홉 그릇의 사약(賜藥)을 마시고 그것의 독기운을 버텨 내야 한다.

독은 비소(砒素), 수은(水銀), 생금(生金), 천남성(天南星), 생청(生淸), 부자(附子), 협죽도(夾竹桃), 게의 알(蟹卵)을 각기 다른 비율로 섞어서 조합한 극독으로, 당가인들이 태어나면서부터 조금씩 조금씩 섭취하여 내성을 키우는 용도로 쓰는 것이었다.

단. 수골육식의 과정에 도전하는 이들은 약관이 된 당가인 하나가 평생 먹어 온 양과 같은 양의 독을 한꺼번에 모두 섭식하고도 살아남아야 했다.

말하자면 속성(速成)의 과정인 것이다.

지글지글지글지글지글지글지글지글지글지글지글지글지글지글지글지글지글······

바닥은 이미 철판처럼 달아올랐다.

방 전체가 극도로 뜨겁고 건조한 상태.

이런 환경이라면 몸의 체온이 올라가 땀이 나고 피가 빠르게 돈다.

자연스럽게 독의 효과도 수십 배나 배가되는 것이다.

이윽고, 약탕기에서 떨어져 내린 약들이 사발 속에 한 방울씩 고였다.

추이는 당삼랑의 기억 속에서 이 독에 대한 정보들을 찾아냈다.

'당가구독(唐家九毒). 장기간에 걸쳐 미량을 복용한다면 만독(萬毒)의 내성을 키워 주고 보혈을 돕지만, 단번에 일정량 이상을 복용하게 된다면 구공분혈(九孔噴血)과 할반지통(割半之痛)을 피할 수 없는 독.'

심지어 그것이 다가 아니다.

당가구독에 중독된 이들은 한 달에 한 번씩 당가에서만 만들어지는 제독단을 받아먹어야만 한다.

그렇지 않으면 체내에 축적된 독기들이 역류하여 발작을 일으키는 탓이다.

그래서 당가의 고수들은 가문을 배신할 수가 없다.

한 달에 한 번씩 배급받는 제독단을 먹지 못한다면 발작으로 인한 주화입마를 막을 수가 없기 때문.

'당삼랑은 가문에서 탈주할 때 대량의 제독단을 훔쳐 갔고, 추후 독자적으로 제독제 개발에 성공했던 것인가.'

물론 추이는 당삼랑이 아니니 이 독들을 제어할 방법 같은 것은 모른다.

'……하지만 굳이 제어할 필요는 없지.'

본디 추이는 만독불침의 경지에 오르면서 어떤 독이나 영약의 효과도 얻지 못하게 되었지만, 이올의 제십 층계에서만큼은 예외였다.

이 단계에서는 몸이 주변의 기운을 받아들이기 위해 개방되면서 일시적으로 독도 약도 잘 들게 되는 것이다.

몸 안으로 들어오는 모든 기운들이 다 육혼으로 가는 연료가 되는 단계.

그것이 맹독이든 영약이든 간에 상관없었다.

맹독이면 몸을 찢는 데 사용하고, 영약이면 몸을 붙이는 데 사용하면 된다.

그렇게 찢고 붙이고를 반복하며, 육신은 더더욱 상위의 존재로 탈바꿈할 준비를 하는 것이다.

말하자면 애벌레가 자신의 몸을 녹여서 전혀 다른 존재로 용화(蛹化)하는 것과도 같았다.

꿀꺽– 꿀꺽– 꿀꺽– 꿀꺽– 꿀꺽– 꿀꺽– 꿀꺽– 꿀꺽– 꿀꺽–

추이는 눈앞에 놓인 사약 사발들을 들어 올려 쭉쭉 들이켜기 시작했다.

이마에서 검은 땀이 방울방울 배어 나왔고 이내 턱밑으로 걸쭉하게 늘어져 흐른다.

지독한 악취가 스멀스멀 풍겨 나와 벽지와 바닥재를 삭게 만들고 있었다.

꾸르르르르르륵……

식도를 태우고 위장을 녹이는 아홉 종류의 맹독들이 추이의 체내에서 맹렬하게 뒤섞이기 시작했다.

물론, 그것들은 체내로 퍼지기도 전에 수없이 많은 창귀들에게 둘러싸여 심상뇌옥 깊숙한 곳으로 끌려가 버렸지만 말이다.

[케엑! 켁!]

[커헉! 끄어억!?]

[끄르르르르륵! 꾸륵!]

[부글부글부글부글부글부글……]

창귀들은 독을 집어먹고 혀를 빼물고 죽고, 다시 소생하여 독을 집어먹고, 또 고통스러워하다가 죽고, 살아나기를 반복한다.

이 과정에서 추출되는 모든 음(陰)의 기운들이 내력의 륜(輪)을 거쳐 정반대의 방향으로 흘러 결국에는 양(陽)의 성질을 띠게 되는 것이다.

'좋은 연료가 되거라.'

추이는 뜨거운 구들장 위에서 가부좌를 튼 채 생각했다.

방금 섭식한 이 독들 역시도 육혼으로 가는 관문을 뚫을 때 큰 도움이 될 것이다.

예전에 구예림에게 받았던 취구환 못지않은 수준이었다.

추이가 방에서 나왔을 때는 이미 한밤중이었다.

아궁이 속의 장작들이 완전히 다 타서 재만 남아 있는 것이 보였다.

"……."

놀랍게도, 당무상은 지금껏 방문 앞에서 장작들이 타들어가는 것을 모두 지켜보고 있었다.

항상 바쁘고 신경질적인 그가 이렇게 시간을 써 가며 진득하게 뭔가를 기다리는 것은 근 사 년 만의 일이었다.

"깨달음이라도 얻었느냐?"

"……."

당무상의 말에 추이는 조용히 고개를 끄덕였다.

그런 추이를 당무상은 뜻밖이라는 듯한 시선으로 바라보고 있었다.

"모를 일이로구나. 스스로 성을 버리고 도망쳤던 녀석이 어느 날 갑자기 돌아오고. 힘든 시련 끝에 절연에 성공하는가 싶었더니 곧바로 다시 입적(入籍)을 청한다라…….."

당무상이 입고 있는 상복 자락이 찬바람에 펄럭인다.

이윽고, 그는 결정을 내린 듯 고개를 끄덕였다.

"인연을 파하는 대가를 치렀고, 그것을 다시 잇는 대가도 치렀으니. 너는 도로 당가인이다."

"……."

"외당의 방을 내주마. 한동안 거기서 요양하거라."

그 말을 끝으로 당무상은 자리를 떴다.

지금껏 기다렸던 것이 무색하게 느껴질 정도로 홀연한 발걸음이었다.

원래 내당(內堂) 소속이었던 당삼랑은 성을 버렸다가 다시 얻는 과정에서 소속이 외당(外堂)으로 바뀌게 되었다.

시비들과 함께 멀어져 가는 당무상의 뒷모습을 보며 추이는 조용히 고개를 숙였다.

'……일단 첫 번째 관문은 통과했군.'

이제 천기단을 손에 넣기까지 열흘도 채 남지 않았다.

등천학관의 유급휴가가 끝나기 전에 모든 것을 끝낼 생각이었다.

십수 명의 시비들이 추이를 안내한다.

추이는 시비들을 따라 외당 깊숙한 곳으로 향했다.

"일단 임시로 마련된 거처를 쓰시지요. 추후 정식으로 지내실 곳을 안내드리겠습니다."

당가의 시비들은 다른 세가의 시비들과는 분위기가 다르다.

묘하게 사무적인, 아니 사무적인 것을 넘어서 기계적인 태도.

어려서부터 독을 수련하며 고통과 억압에 익숙해져서 그런가, 성격와 품성들이 다들 닳고 무뎌진 탓이리라.

이윽고, 추이는 투박하게 생긴 건물 앞에 섰다.

커다란 바위를 그대로 깎아 파내려간 듯한 모양새의 건물.

그 안은 목재와 철골로 보강되어 있어서 상당히 튼튼해 보인다.

추이의 거처는 그 안에서도 가장 깊은 곳에 있었다.

저벅- 저벅- 저벅-

추이는 시비들을 따라 복도를 걸었다.

그때.

맞은편에서 한 무리의 하인들이 걸어오는 것이 보였다.

그들은 손에 보자기로 덮은 철창이나 궤짝 등등을 나르고 있었다.

추이가 막 하인들을 스쳐 지나가는 순간.

…덜컥!

하인 하나가 별안간 발을 헛디뎠다.

와장창!

그가 손에 들고 있던 철창이 바닥에 떨어지며, 안에서 무언가가 튀어나왔다.

웨에에에에에엥!

시커먼 벌들이 무리지어 빠져나온다.

일반적인 말벌보다 몸집이 다섯 배는 컸고 꽁무니의 독침이 두 개씩 달려 있는 기괴한 벌이었다.

부아아아아아아아아앙!

독벌들이 날아들자 시비들의 표정에도 변화가 생겼다.

"꺄아아아아아아악!"

시비들은 하늘하늘한 옷자락으로 머리를 가린 채 엎드렸다.

하인들 역시도 어찌할 줄을 모르고 쩔쩔매고 있었다.

"……."

추이는 자신을 향해 달려드는 벌떼를 가만히 바라보았다.

창이 있었다면 저 벌들을 한 마리 한 마리 다 찔러 죽이는데 일곱 걸음도 쓰지 않을 자신이 있지만, 지금 상태에서는 다소 무리가 있다.

스윽—

별수 없이, 추이는 손바닥을 들어 올렸다.

'이럴 때 쓰려고 준비해 둔 패는 아니다만…….'

사천당가에 들어오기 전 준비해 두었던 여러 가지 안배들 중의 하나.

벌 잡는 데 쓰기는 조금 아까운 비밀무기지만 어쩔 수 없는 일이다.

추이가 막 벌 떼를 향해 손을 뻗으려는 바로 그 순간.

…퍼엉!

복도 뒤쪽에서 별안간 밝은 빛이 터져 나왔다.

쿠—르르르르르르르륵!

별안간 뜨거운 불길이 터져 나와 벌 떼를 집어삼킨다.

시커먼 불길과 녹색 연기.

그것에 닿은 독벌들은 순식간에 잿가루가 되어 사라진다.

따닥! 따다다닥! 지글지글지글지글……

벌의 고기는 불에 타고 기름은 끓어서 기화되었다.

운 좋게 불길을 피한 몇몇 벌들도 열과 연기에 그을려 바닥으로 떨어져 내렸다.

툭— 투툭— 투투툭—

하인들과 시비들은 뒤통수로 벌들의 시체가 떨어져 내릴 때마다 흠칫흠칫한다.

"……."

추이는 자신이 걸어왔던 복도 뒤편을 돌아보았다.

그곳에는 방금 전 삼매진화(三昧眞火)를 쏘아 보냈던 존재가 서 있었다.

키는 오 척 단신.

이제 막 열두어 살이나 되었을 법한 귀여운 외모의 소년.

당무상과 마찬가지로 검은 상복을 입고 있었고 검록색의 머리를 굴건(屈巾)으로 가리고 있는 것이 보인다.

소년은 사납게 생긴 눈을 가늘게 뜬 채 말했다.

"독충(毒蟲) 관리를 어떻게 하는 것이냐? 이놈들에게 곤장 삼십 대를 친 뒤에 사흘간 뒤주에 가둬라."

외모와는 전혀 어울리지 않는 중저음.

소년의 차가운 시선 앞에 하인들과 시비들은 고개를 숙인 채 몸을 떨었다.

"……."

추이는 눈앞에 있는 소년을 돌아보았다.

당해아(唐孩兒).

당무상의 적장자이자 당가의 소가주.

겉으로 보기에는 어린아이처럼 보이나 기실 그는 당무상이 조혼으로 얻은 아들.

곧 마흔을 바라보는 나이일 것이다.

'어렸을 적에 자기 몸에다가 직접 신약 실험을 하다가 부작용이 생겨서 늙지 않는 외모를 가지게 되었다던가.'

독과 약에 대한 그의 집념은 광인(狂人)에 가까울 정도다.

오죽했으면 자기 몸까지 실험 도구로 삼았을까.

그때, 당해아가 추이를 향해 입을 열었다.

"오랜만이구나, 삼랑."

"……"

"둘째의 상중에 나타나서 골육지정을 끊네 잇네 난동을 피우다니. 여전히 이해가 안 되는 짓을 일삼는군."

"……"

추이는 조용히 당삼랑의 기억을 더듬었다.

당삼랑의 창귀는 당해아가 나타났을 때부터 심상뇌옥 깊숙한 곳에 웅크려 바들바들 떨고 있었다.

그는 아마 살아생전에 아비인 당무상보다 배다른 형인 당해아를 더욱 무서워했던 것 같았다.

흑요석처럼 빛나는 당해아의 눈알이 추이를 향해 고정되었다.

"네놈이 무슨 꿍꿍이로 돌아왔고, 어떤 사술을 부려서 두 시험을 연달아 통과했는지 나는 아직 알지 못한다."

"……"

"하지만 그것은 내가 너에게 관심이 없기 때문이야. 마음만 먹는다면 네놈의 의중쯤이야 손바닥 안을 들여다보는 것처럼 쉽게 파악할 수 있다. 그러니…….”

이윽고, 당해아의 손이 추이의 목덜미를 탁 붙잡았다.

당해아는 추이의 얼굴을 잡아당겨 자신의 눈높이와 맞추었다.

코끝과 코끝이 맞닿을 정도로 가까운 거리에서, 당해아의 서늘한 목소리가 추이의 고막에 서리처럼 얼어붙었다.

“개수작 부릴 생각은 일찌감치 단념하는 편이 좋을 것이야.”

“…….”

추이는 대답하지 않았다.

그러자 당해아는 추이의 목을 잡은 손을 풀고는 옆으로 스쳐 지나갔다.

“본가는 현재 너까지 지원해 줄 여력이 없다. 외당의 별원에 남는 숙소가 있으니 거기서 머물고, 추후 맞는 일을 찾아줄 때까지 얌전히 기다리고 있어라.”

말하자면 대기발령 같은 것이다.

추이는 외당의 숙소에서도 쫓겨나 더더욱 외진 곳의 외딴 숙소로 가게 되었다.

그곳은 당가에서 오래 일해 온 하인들과 시비들이 쓰는 장소였다.

만약 당삼랑이었으면 굴욕감에 몸을 떨었을지도 모를 일

이나.

"……."

추이에게 있어서는 썩 나쁘지 않은 결과였다.

다른 당가인들과 마주치지 않아도 되는 별원의 관사라면 마음 놓고 운기조식을 할 수도 있고 몰래 가문 내 이곳저곳을 숨어 다니기에도 편할 것이다.

'호재들이 겹치는군.'

복도에서 당해아를 만난 것이 오히려 행운이 되었다고 생각하며, 추이는 발걸음을 돌렸다.

추이는 하인들이나 쓸 법한 단촐한 방 안에 들어섰다.

주변에는 다른 건물이 하나도 없다.

옆에는 말린 여물을 쌓아 놓는 건초광과 외곽 담장의 끝에 축조된 청음초(聽音哨) 몇 개만이 보일 뿐, 인적이라고는 거의 없는 외로운 장소였다.

"생필품들은 곧바로 가져오겠습니다. 그 외 따로 필요한 것이 있으시다면 방 안에 마련되어 있는 종을 울려 주십시오."

추이를 숙소까지 안내해 준 시비들은 고개를 꾸벅 숙여 보인 뒤 뒷걸음질로 퇴장했다.

추이는 텅 빈 방 안에 앉았다.

책상도 없고 의자도 없이, 그저 홑이불 한 장뿐인 방에서 당삼랑을 대하는 당가의 태도가 느껴진다.

아니, 정확히는 당해아가 당삼랑을 바라보는 시선이라고 하는 편이 맞을 것이다.

추이는 방 중앙에 앉아 눈을 감았다.

그리고 추골육식과 수골육식을 통해 얻은 것들을 복기했다.

쇠몽둥이를 통해 찢어진 근육과 금 간 뼈들이 천천히 회복된다.

체내로 들어온 아홉 사발의 독이 창귀들을 자극하여 더더욱 많은 양의 내공을 뽑아내고 있었다.

내력의 물레바퀴가 돌며 붉고 긴 실이 뽑혀 나온다.

그 실은 추이의 몸속 혈관 곳곳으로 퍼져 손가락 끝, 발가락 끝까지 쭉쭉 뻗어 나갔다.

그렇게 하단전의 단로(丹爐)에서부터 시작한 양기는 열두 개의 정경과 여덟 개의 기경맥을 따라 끊임없이 회전한다.

수태음폐경(手太陰肺經), 수양명대장경(手陽明大腸經), 족양명위경(足陽明胃經), 족태음비경(足太陰脾經), 수소음심경(手少陰心經), 수태양소장경(手太陽小腸經), 족태양방광경(足太陽膀胱經), 족소음신경(足少陰腎經), 수궐음심포경(手厥陰心包經), 수소양삼초경(手少陽三焦經), 족소양담경(足少陽膽經), 족궐음간경(足厥陰肝

經), 독맥(督脈), 임맥(任脈), 충맥(衝脈), 대맥(帶脈), 양교맥(陽蹻脈), 음교맥(陰蹻脈), 양유맥(陽維脈), 음유맥(陰維脈)…….

일주천의 속도는 이전보다도 훨씬 더 빨라졌다.

당가에서 섭취한 독들이 연료처럼 활활 타올라 새로운 동력원이 되고 있기 때문이다.

추이의 눈동자가 일순간 붉게 물들었다.

…꿈틀!

지금껏 별로 써 본 적 없던 신체 부위의 근육들이 펄떡펄떡 약동한다.

추이는 자신의 몸을 더욱 더 객관적으로 바라볼 수 있게 되었고, 그 모든 것들을 자유롭게 통제 가능하게 되었다.

자신의 몸을 원하는 순간에 원하는 장소로 가져다 놓을 수 있다는 것.

언뜻 듣기에는 간단해 보이지만 사실 어마어마한 수련이 뒷받침되어야만 가능한 경지였다.

수신제가치국평천하(修身齊家治國平天下).

자신의 몸을 잘 다스린다는 것은 결국 고수와의 일대일 전투에서도, 절대다수를 상대로 하는 전장에서도, 어떤 상황에서든 간에 목숨줄을 늘릴 수 있는 길이 될 테니까.

그때.

"……!"

추이의 청신경 가닥 끝에 이상한 신호 하나가 잡혔다.

추이는 귀를 기울였다.

극도로 예리해진 기감(氣感)이 방 밖으로 그물처럼 펼쳐져 건물을 중심으로 수십 장 일대를 휘감는다.

…오도독! 오독! 오독! 오도독!

서까래 밑의 거미가 거미줄에 걸린 나방을 씹어먹는 소리.

사락- 사락- 사락- 사락-

허공을 떠돌던 먼지가 방바닥에 떨어져 쌓이는 소리.

꿈틀! 꿈틀! 꿈틀!

방문 앞에 돋아난 잡초가 흙 밑으로 뿌리를 뻗어 내리는 소리.

이 모든 소리들의 너머로 그것들보다도 훨씬 더 작은 소리 하나가 가까워지고 있었다.

저벅- 저벅- 저벅- 저벅- 저벅-

발자국 소리. 그것은 분명 누군가가 이쪽으로 걸어오는 소리였다.

스윽-

추이는 품속에 숨겨 놓은 송곳 두 자루를 잡았다.

전에 쓰던 사백정의 독아(毒牙) 두 자루는 나락노야와 싸울 때 망실했기에 등천학관 내의 대장간에서 사 온 것들이었다.

그때. 점점 가까워지던 발자국 소리가 방문 바로 앞에서 멎었다.

"……안에 있니?"

동시에 목소리 하나가 들려왔다.

조용하게 접근해 오던 중 별안간 목소리를 낼 줄은 몰랐기에, 추이는 일단 송곳을 잡은 손을 풀었다.

이윽고 방문이 열렸다.

"들어갈게."

검은 상복을 입고 있는 한 여인이 추이의 앞으로 모습을 드러냈다.

짙은 자주색의 머리카락이 창백해 보일 정도로 흰 피부와 극명히 대조된다.

그녀의 외모는 무척이나 미려해서 뭇 사내들이 봤다면 시선을 마주하는 것만으로도 상사병에 걸려 앓아누웠을 것이다.

주먹만 한 얼굴과 작은 코, 살짝 뾰족한 귀.

크고 동그란 두 눈에서는 활기와 씩씩함이 느껴졌고 끝이 묘하게 말려 올라간 입꼬리를 보고 있노라면 털이 복슬복슬한 강아지가 떠오른다.

하지만 상복의 가슴팍과 옆구리, 허벅지 쪽의 트임으로 드러나 보이는 뇌쇄적인 몸매는 귀엽게 생긴 얼굴과는 전혀 딴판인 것이었다.

"……."

추이는 그녀의 얼굴을 바로 알아보았다.

당예집(唐譽鳩).

별호는 독봉(毒鳳). 혹은 사천제일미(四川第一美).

사 년 전에 등천학관을 우수한 성적으로 졸업한 뒤 가문으로 돌아온 당가의 장녀였다.

독봉 당예짐.

추이는 그녀의 얼굴을 찬찬히 훑었다.

'저 미모가 등천학관에서 유명했다지.'

과연 사천제일미라 부를 만한 얼굴이었다.

한편, 당예짐은 당삼랑의 얼굴을 뒤집어쓰고 있는 추이를 향해 눈시울을 붉혔다.

"정말 오랜만에 돌아왔구나. 그동안 어디서 뭘 하고 지냈어?"

"……."

"누나 안 보고 싶었어?"

의외로 당예짐의 반응은 호의적이었다.

추이는 전속 시비인 영아를 통해 당예짐이 등천학관에 있었을 당시의 일화들을 꽤나 많이 들었다.

가령 그녀에게 연모의 마음을 고백하려 했던 사내들을 줄 세우면 등천학관의 광활한 부지를 한바퀴 쭉 둘러 감을 수 있을 정도였다거나, 그녀의 기숙사에 연서(戀書)와 선물 들이 너무 많이 배달되는 통에 방을 아흔 번이 넘도록 바꿔야 했다거나.

하지만 학창 시절 내내 그녀는 타인들에게 까칠하고 폐쇄적으로 대했다.

근 오 년가량의 등천학관 생활 동안 교류를 맺은 이들은 한 손에 꼽을 정도였고, 그 정도의 얄팍한 인연들마저도 졸업과 동시에 모두 잘라 내 버렸을 정도였으니까.

하지만.

"얼굴이 많이 상했다. 어디서 뭘 하고 살았는지 얘기 좀 해 봐. 응?"

지금 추이의 뺨을 쓰다듬고 있는 당예짐의 태도는 너무나도 살가운 것이었다.

천하의 독봉이 이렇게 따듯한 눈빛을 보낼 줄 아는 사람이었다니.

등천학관 시절의 그녀를 기억하던 이들이라면 모두들 깜짝 놀랄 일이었다.

'······.'

추이는 당삼랑의 기억을 뒤졌다.

무시와 홀대로 점철되어 있던 유년 시절, 그를 인간적으로 대해 주는 유일한 존재는 오직 이 당예짐 하나뿐이었다.

무슨 이유에서인지 당예짐은 아비인 당무상과 오라비인 당해아를 싫어했고 그들에게 핍박받는 당삼랑을 감싸 주곤 했던 것이다.

"낮에 있었던 일 들었어. 추골육식이랑 수골육식을 통과했다며?"

"……."

"아버님이 무슨 변덕이셨을까? 그 두 과정을 무리하게 축약해 버리면서까지 너를 받아들이고 말이야. 그렇게 명분이 필요했나?"

당예짐은 추이가 실력으로 두 시련을 돌파했다고는 생각하지 못하는 것 같았다.

두 시련은 그저 형식적인 것이었을 뿐, 단순히 당무상이 변덕을 부려 당삼랑을 받아들인 줄로 생각하는 모양새.

"다들 독에 중독되어서 그런가, 이 가문 사람들은 모두 미쳤어. 무슨 생각을 하는지 도통 모르겠다구……."

당예짐은 손으로 이마를 짚은 채 잠시 고개를 저었다.

그때, 당예짐은 자신의 옷깃을 빤히 내려다보는 추이의 시선을 느꼈다.

"아, 상복. 그래. 너는 집안에 무슨 일이 일어났는지 모르겠구나."

"……."

"둘째 오라버니가 죽었어."

"……."

"첫째 오라버니에게 살해당한 거야."

"……!"

당예짐의 말에 추이는 머릿속의 기억, 더 정확하게는 당삼랑의 기억을 떠올렸다.

사천당가의 둘째 공자라면 분명 당소군(唐小君). 첩실의 자식이다.

당소군의 어미는 나름 지체 높은 무가의 여식이었던지라 매춘부의 자식인 당삼랑보다는 처지가 훨씬 더 좋았지만…… 아무래도 얼마 전에 치러졌던 가내 무예대회에서 당해아의 손에 죽은 것 같았다.

당예짐은 침울한 안색으로 말했다.

"요즘 아버님과 첫째 오라버니가 조금 이상해. 아니, 사실 조금 이상한 게 아니라 많이 이상하지. 가문 내에서 자신들의 편이 아닌 원로들이나 중역들을 모조리 숙청하고 있어. 나는 둘째 오라버니도 그중 하나가 아닐까 생각해."

"……."

"가문 내에 피바람이 부는 중이야. 왜 하필이면 이런 뒤숭숭한 시기에 돌아온 거니?"

당예짐은 불안하다는 듯한 시선으로 추이를 바라본다.

그녀는 아비인 당무상, 오라비인 당해아와 사이가 별로 좋지 않다.

그래서 가문 내에서 몰아치는 숙청의 광풍에 몹시도 겁을 먹고 있는 것 같은 눈치였다.

적어도 이 집안 내에 그녀를 지켜 줄 만한 사람은 별로 없는 듯 보인다.

추이는 당삼랑이라면 이 상황에서 무슨 말을 했을지를 떠올려 보았다.

그리고 이내 가장 당삼랑스러운 해답을 내놓았다.

"누나를 지켜 주려고."

"……!"

순간 당예짐의 낯빛이 붉어졌다.

"……얘도 참. 누나 이제 그때의 어린애 아니야. 내 몸은 내 스스로도 지킬 수 있어."

당삼랑을 흘겨보는 당예짐의 시선이 묘하다.

추이는 당삼랑의 기억 속에서 어떠한 정보 하나를 찾았다.

그것은 당예짐이 당무상의 친자가 아니라는, 극히 은밀한 대외비 정보.

당삼랑이 당가의 담장을 넘어 탈주하기 전에 훔쳤던 정보들 중에는 이러한 것들도 있었던 것이다.

즉. 당삼랑과 당예짐은 피가 아예 이어지지 않은 사이라는 뜻.

그러니 그 사실을 알고 있는 둘 사이에 어떤 이상야릇한 감정이 싹튼다고 해도 부자연스러운 일은 아니리라.

그것도 당가처럼 사촌 간의 혼인을 적극 장려하는, 극도로 폐쇄적인 집단 안에서라면 더더욱 말이다.

이윽고.

…턱!

당예짐이 추이의 손을 잡았다.

그녀는 떨리는 목소리로 입을 열었다.

"네가 돌아왔다고 했을 때 정말 가슴이 철렁했어."

"……."

"묘족 학살 사건. 아직 그때의 분노를 느끼고 있는 거지?"

"……."

당예짐의 말을 들은 추이는 과거를 회상했다.

장강수로채에서 사백정 당삼랑을 처음 만났을 때, 그는 이렇게 이야기했다.

'네놈은 내가 왜 당가에서 퇴출당했는지도 알고 있나?'

'남만의 묘족들을 학살했던 이들이 사천당가인 것은 알지?'

'나는 그 당시 묘족 놈들을 하도 많이 죽여 대서, 그 죄로 추방된 것이다. 말하자면 꼬리자르기를 당한 셈이지.'

'웃기지 않나? 당가는 묘족의 독 제조법을 얻기 위해 그들을 습격하고 유린했다. 그리고 그 책임을 모두 나에게 덮어씌운 뒤 독 제조법만을 빼앗아 갔고.'

당예짐은 추이의 손을 꽉 붙잡은 채 말했다.

"나는 너의 결백을 알아. 아버님이 네게 명령을 내리는 것을 내 귀로 똑똑하게 들었으니까."

"……."

"너는 그저 가문의 명령에 따랐을 뿐이었어. 하지만 관아에서 이민족 학살 사건의 죄를 묻겠다고 했을 때, 아버님은 오직 너 하나만을 압송하여 관아로 보내려 했지. 지금 생각해도 치졸한 꼬리 자르기였어. 그 당시의 네가 느꼈을 분노를 나는 충분히 이해해."

"……"

"만약 네가 가문에 복수하겠다고 한다면…… 이 누나가 도와줄게. 비록 큰 힘이 되어 줄 수는 없겠지만……."

당예짐의 목소리에서는 진심이 느껴지고 있었다.

약간의 침묵이 흐른 뒤, 추이는 고개를 끄덕였다.

"한동안 뭘 할 생각은 없다. 지금은 그저 쉬고 싶을 뿐이야."

"그럼 그래야지. 그동안 이 누나랑 못다 한 회포나 풀자!"

당예짐은 그제야 배시시 웃었다.

그러고는 가져온 죽통에서 차를 꺼내 추이의 앞으로 밀어 놓았다.

"그래서. 그동안 어디서 뭘 하고 지냈던 거야?"

"……"

이윽고, 추이는 창귀가 된 사백정 당삼랑의 여생을 쭉 이야기했다.

그가 당가를 떠나 장강수로채에 몸담은 뒤 추이에게 잡혀 죽기 전까지의 모든 것을.

"그래서 결국 삼칭황천과 손을 잡고 인 사형을 쓰러트렸지. 아, 술 사형과 적 사매도 조금쯤은 도왔고. 그 이후 나는 산채를 떠났다. 그뿐이야."

……물론 이야기의 결말은 조금 바뀌어 있었지만 말이다.

그리고 추이의 이야기가 이어지는 동안 당예짐의 표정은 몇 번이나 바뀌었다.

울고 웃고, 박수를 치고.

그녀는 당삼랑이 살아온 이야기에 진심으로 공감하며 몰입하고 있었다.

"대단한 모험을 했네. 나는 가문 안에 갇혀 있느라 세상을 전혀 몰랐어. 무림 강호에는 그런 가슴 뛰는 모험들이 있구나."

그 와중에 당예짐은 삼칭황천이라고 하는 고수의 이야기에 특히나 관심을 보였다.

"저기…… 듣자 하니 그 협객이 그토록 잘생겼다면서?"

"……?"

"소문에 의하면 어마어마한 꽃미남이라던데. 여장을 하면 그 일대의 모든 기생들이 질투를 할 정도로 말이야. 요즘 모든 후기지수들이 다 그 사내를 동경한다잖아. 급시우(及時雨)라는 별호까지 따로 붙여 가면서 말이야. 나도 너무 궁금했었는데."

"……."

추이는 따로 할 말이 없어 입을 다물었다.

회귀하기 전에는 얼굴에 입은 화상과 칼자국들 때문에 이런 소리를 들을 일이 없었는데, 다소 적용되지 않는 상황이었다.

바로 그때.

저벅— 저벅— 저벅— 저벅—

예리해진 추이의 기감에 방문 밖에서 들려오는 발자국 소리들이 포착되었다.

이윽고, 한 무리의 사내들이 방문을 열어젖혔다.

당예짐의 두 눈이 가늘어졌다.

"나타(哪吒)? 이곳에는 무슨 일이지?"

소문에 걸맞는 싸늘한 시선과 목소리.

누가 지금의 그녀를 동생의 이야기에 울고 웃던 가련한 여인으로 볼까.

"……."

"……."

하지만 당예짐의 시선을 맞받고 있는 두 사내는 까닥 목례만 했을 뿐, 조금의 미동도 보이지 않고 있었다.

추이는 그들의 정체 역시도 한눈에 알아보았다.

당나(唐哪)와 당타(唐吒).

당삼랑의 육촌 관계에 있는 쌍둥이 형제.

그들은 당해아의 밑에서 온갖 궂은일들을 도맡아 처리하는 최측근이기도 했다.

예로부터 당삼랑과는 영 불편한 관계에 있었던 존재들이었다.

"오랜만이구나."

"신수가 많이 좋아졌군."

당나와 당타는 당삼랑에게는 아예 고개를 숙이지 않았다.

원래라면 가주 당무상의 셋째 아들인 당삼랑보다 신분이 훨씬 더 아래여야 하지만, 그들은 나이가 더 많고 무공이 훨씬 고강했으며 뒷배인 당해아를 굳게 믿고 있었다.

더욱이, 가주의 얼자이자 사생아인 당삼랑을 향한 은근한 무시 역시 그들의 뻣뻣한 태도에 한몫을 더하고 있는 것이다.

이윽고. 그들을 쳐다보는 당예짐의 표정이 더더욱 싸늘하게 굳었다.

"지금 내 말이 안 들리니? 이곳에는 무슨 일이냐고 묻잖아."

"……소가주님의 명으로 왔습니다. 저희들도 오늘 밤 이곳에서 자라고 하시더군요."

당나와 당타의 뒤에 있는 당가의 젊은 무인들 역시도 고개를 끄덕인다.

여럿이 모이니 방을 꽉 채울 정도로 큰 체구의 사내들이었다.

당나와 당타가 당예짐을 향해 말했다.

"사내들끼리 나눌 이야기가 많으니 누님께서는 잠시 자리를 비켜 주시면 고맙겠습니다."

"싫으시다면 오늘 밤 저희들의 땀내를 감당하셔야 할 텐데, 괜찮으시겠습니까?"

훈련을 마치고 바로 뛰어온 것일까, 그들에게서는 후끈한 열기와 함께 땀냄새가 풀풀 풍겨 나오고 있었다.

당예짐은 입술을 꽉 깨물었다.

하지만 어쩌랴?

가문 내에서 차지하고 있는 그녀의 입지는 감히 당해아의 것에 비할 것이 아니다.

하지만 그녀는 당삼랑을 내주지 않겠다는 듯 그 앞을 가로막았다.

"첫째 오라버니가 왜 너희들을 여기로 보냈니?"

"최근에 둘째 공자님께서 안 좋은 일을 당하시지 않았습니까. 이제 하나뿐이 남지 않은 남자 동생이 걱정되시는 모양이지요."

"미친! 둘째 오라버니를 그렇게 만든 게 누군데 감히……!"

당예짐의 고함을 들은 당나와 당타의 눈이 가늘어졌다.

"말씀을 조심하시지요, 누님. 이공자님은 어디까지나 비무 중의 사고로 돌아가신 것입니다."

"마치 무슨 음모라도 있었다는 듯 말씀하시는데, 그런 근거 없는 추측성 발언은 곤란합니다. 자꾸 이러시면 저희도 위쪽에 보고를 할 수밖에 없습니다."

그 말에 당예짐이 움찔했다.

등천학관의 독봉도 사천당가 소공자의 존재는 함부로 대할 수 없는 모양이다.

결국.

"……내일 다시 올게. 날이 밝자마자."

당예짐은 추이를 돌아보며 서글픈 시선을 보냈다.

그리고는 자리에서 일어나 방문 밖으로 나갔다.

"놔. 나 혼자 갈 수 있어."

그녀는 옆으로 따라붙는 다른 무인들을 뿌리치고는 어둠 너머로 성큼성큼 걸어가 버렸다.

나타날 때처럼 조용한 발걸음이었다.

"……."

그동안 추이는 입을 다문 채 가만히 앉아 있었다.

어느덧 방 안에는 추이와 당나, 당타 형제를 비롯한 당가의 젊은 무인들만이 남았다.

"……."
"……."
"……."
"……."

좁은 방 안에 가득 찬 사내들 사이에는 침묵과 땀냄새만이 흐른다.

이윽고, 추이의 입이 열렸다.

"좁다."

"……."

당나와 당타의 눈썹이 까닥 움직였다.

추이의 말이 짧게 이어졌다.

"나가."

"……."

몇몇 무인들 사이에서 피식― 하는 비웃음이 새어 나왔다.

당나와 당타가 말했다.

"뭔가 착각하는가 본데. 이것은 '경호'가 아니라 '감시'다. 너의 뭘 믿고 오늘 밤을 편히 내버려두겠냐, 이 배신자 탈주범아."

"우리라고 해서 네가 좋아서 여기 있는 게 아니야. 오늘은 그냥 지켜보기만 하라고 하셨던 소가주님의 명령이 아니었다면 너는 벌써 나한테 곤죽이 되도록 처맞았을 것이다."

그 말을 들은 추이의 입가에 순간 옅은 미소가 어렸다가 사라졌다.

"……?"

당나와 당타가 잘못 보았나 싶어 눈을 끔뻑거리는 동안, 추이는 천천히 자리에서 일어났다.

그리고.

꾸드드드득…… 와기긱!

문고리에 걸린 잠금쇠를 손으로 꽉 움켜쥐어 완전히 구겨

버렸다.

 넓게 펼쳐진 기감의 그물에서 당예짐의 기척이 완전히 사라졌음을 감지한 순간, 추이는 천천히 돌아섰다.

 그러고는 당나와 당타를 향해 선언했다.

 "내보내 줄 때 나갔어야지."

 이제부터 다소 특별한 교육을 실시할 생각이었다.

 당나와 당타를 비롯한 당문의 일곱 사내들은 코웃음을 쳤다.

 그들은 자기 스스로를 가리켜 당문칠협(唐門七俠)이라 부르는 사내들.

 당문의 젊은 세대를 대표한다고 자부할 정도로 실력이 뛰어난 무인들이었다.

 심지어 그들은 유년시절 당삼랑을 많이 괴롭혔었다.

 그래서 더더욱 잘 안다.

 당삼랑이 얼마나 편협하고 옹졸하며 비굴한 놈인지.

 당나와 당타가 코웃음을 쳤다.

 "뭐냐, 우리를 가두려 한 것이냐?"

 "그럴 거였으면 네가 밖으로 나간 상태에서 잠금쇠를 망가트렸어야지. 네가 안에 들어와 있는데 그렇게 하면 무슨 소용이냐? 여전히 머리가 딸리는구나."

 나머지 다섯 명의 사내들도 한바탕 왁자하게 웃음을 터트렸다.

하지만.

당삼랑의 표정은 그들의 기억 속에 남아 있는 것과는 사뭇 달랐다.

당황하지도, 울상을 짓지도, 분노로 얼굴이 붉으락푸르락 해지지도 않은, 그저 완벽한 무표정.

이윽고, 당삼랑의 목소리가 나지막하게 울려 퍼졌다.

"이제부터 너희들을 교육할 것인데."

너무 낮고 거칠어서 원래 이런 목소리였나 싶을 정도로 탁한 음성이었다.

"잘 모르겠으면 그냥 소리를 질러라. 부연 설명을 해 줄 테니까."

"……?"

당나와 당타는 고개를 갸웃했다.

저놈이 무슨 자신감으로 저렇게 세게 나오는지 모르겠다는 눈치였다.

바로 그때.

쉬익―

당삼랑의 입에서 이상한 소리가 새어 나오기 시작했다.

마치 독사가 독니를 드러내기 전 내는 숨소리와 같은.

쉬이이이이이익!

이윽고, 당삼랑의 입을 비롯한 몸 곳곳에서 검록색의 독연이 뿜어져 나오기 시작했다.

"!?"

당나와 당타를 비롯한 당문칠협 전원은 두 눈을 찢어질 정도로 크게 떴다.

저 무시무시한 독을 어찌 모를까.

당가구독(唐家九毒).

그들 역시도 유년 시절부터 조금씩 조금씩 먹어 왔던 독이다.

장기간에 걸쳐 미량을 복용한다면 만독(萬毒)의 내성을 키워 주고 보혈을 돕지만, 단번에 일정량 이상을 복용하게 된다면 구공분혈(九孔噴血)과 할반지통(割半之痛)을 피할 수 없는 독.

지금 그 독이 방 안을 꽉 채우는 독안개가 되어 퍼져 나가고 있는 것이다.

"흡!"

"크윽!"

당나와 당타는 호흡을 멈추었다.

그들은 당가의 무인이기에 이미 이 독에 대한 내성과 면역을 어느 정도 갖추고 있다.

……하지만 독의 농도가 이 정도로 짙고 농밀하다면 이야기가 다르다.

"케헥!"

"커헉!?"

호흡을 멈추기 전, 코와 입을 통해 들어온 극소량의 독은 그들을 중독시키지는 못해도 고통에 몸부림치게는 만들 수 있었다.

피부 전체가 화끈거리고 눈알이 타들어가는 듯 아프다.

당나와 당타는 손으로 입을 가리고 숨을 참았지만 눈물과 콧물이 펑펑 뿜어져 나오는 것만은 어찌할 수가 없었다.

"크으윽!?"

"뭐야 이 독들은!?"

"저 자식 어디서 이만한 양의 구독을……."

"서, 설마 수골육식에서?"

"말도 안 돼! 그건 그냥 형식적으로 대충 치러졌던……."

하지만 말을 길게 할 수는 없었다.

입을 열 때마다 독무가 혀와 입천장, 목구멍을 따끔거리게 만들었기 때문이다.

그렇게, 당문칠협 전원은 짙은 매연 속에서 허우적거리고 있었다.

바로 그때.

검록색의 매연 너머에서 둔탁한 소음 하나가 터져 나왔다.

뻐―억!

당나와 당타는 눈물을 머금고 고개를 들었다.

그들의 앞으로 희미한 그림자 하나가 날아들더니.

…콰콰쾅!

엄청난 기세로 벽에 부딪쳐 튕겨 나왔다.

"당악!?"

당문칠협 중 한 명으로 심후한 공력을 소유하고 있는 아우였다.

당나와 당타가 당악의 몸을 부축해 들며 경악한다.

그때, 그들의 옆에서 또 한 번의 소음이 터져 나왔다.

뿌드득!

당나와 당타가 고개를 돌린 곳에서 그림자 하나가 무너져 내린다.

"당군!?"

그 역시도 당문칠협 중 한 명으로 유독 칼을 잘 쓰는 아우였다.

콰당탕!

당군은 그 자리에서 무언가에 의해 나가 떨어졌고 이내 쓰레기처럼 바닥을 나뒹굴었다.

이윽고, 독매연 너머로 한 명의 사내가 움직인다.

당삼랑. 여전히 무표정한 얼굴의.

그는 당나와 당타를 쳐다보며 말했다.

"모르겠으면 소리를 질러."

동시에, 당삼랑의 신형이 희미해졌다.

창졸간에 떨어지는 벼락처럼, 당삼랑의 몸은 순식간에 거리를 좁혀 왔다.

빠-각!

그러고는 독안개를 확 걷어 내 버릴 정도로 강력한 주먹을
또 다른 아우의 안면 정중앙에 내리꽂았다.

코뼈가 주저앉으며 앞니들이 튀어나오는 소리.

풀썩-

또다시 한 명의 사내가 무릎을 꿇는다.

"이 새끼!?"

다른 사내 하나가 손을 뻗어 독수(毒手)를 전개했다.

날카로운 손날이 날아들어 당삼랑의 가슴팍을 노렸다.

하지만.

퍼-억!

당삼랑은 아무렇지도 않게 상체를 뒤로 뺐고 그대로 상대
의 사타구니를 걷어찼다.

"끄헉!?"

사내가 입을 벌리자마자 당삼랑은 그의 입안으로 침을 뱉
어 버렸다.

퉤-

핏물이 섞인 침이 사내의 입안으로 철썩 떨어져 내린다.

그러자.

"끄-어어어어어어억!?"

그는 두 손으로 제 목을 조르며 버둥거리더니 그대로 눈을
까뒤집은 채 기절해 버렸다.

"이 새끼! 무슨 사술을 부리는 거냐!?"

그 옆에 있던 사내가 허리춤의 칼을 빼 들었다.

가문 내의 혈족들끼리 싸울 때는 진검을 쓸 수 없게 되어 있기에, 그는 칼로 당삼랑을 공격하지 않고 자신을 방어하려는 듯 뒤로 주춤주춤 물러났다.

하지만. 칼은 본디 타인을 공격하기 위한 도구이지 자신의 몸을 지키기 위한 도구가 아니다.

칼날의 면적으로 가리기에는 사람의 몸 면적이 너무 크다.

당삼랑은 텅텅 빈 공간들 중에서도 유독 허술한 부분들을 향해 주먹을 날렸다.

퍽— 퍼억— 퍽— 빠각!

일단 명치부터 세게 한 대 후려갈긴 뒤, 옆구리와 목에 한 대씩, 그리고 마지막 주먹은 턱에 꽂혔다.

사내는 비명 한 번 지르지 못한 채 칼을 놓쳤고 그대로 바닥에 고꾸라졌다.

"⋯⋯."

"⋯⋯."

당나와 당타는 독안개 너머로 벌어지는 이 일련의 사태에 입을 다물 수가 없었다.

'뭐냐, 대체 무슨 일이 벌어지고 있는 거야.'

'어째서 아우들이 이렇게 쉽게 당하고 말았는가. 이것은 말이 안 된다.'

애초에 그 팔푼이 당삼랑이 이런 움직임을 보여 준다는 것 자체를 믿을 수가 없었다.

하지만 그들의 의문에 대답해 줄 정도로 친절한 사람은 이곳에 아무도 없다.

당삼랑이 이쪽으로 고개를 돌린다.

흐릿한 그림자로만 보이는 신형이었으나 두 눈에서 흐르고 있는 붉은 살기만은 또렷하게 보였다.

순간. 당나와 당타는 생각했다.

'……저 자식. 추골육식과 수골육식을 통과했다는 말이 진짜였나?'

지금껏 그들은 두 개의 시련이 대충 형식적으로만 치러졌다고만 생각했다.

하지만 지금 생각해 보면 뭔가가 이상하기는 하다.

천하의 당무상이 그런 것을 대충대충 하는 성격이었던가?

지금껏 그들이 봐 왔던 가주의 성격이 그토록 물렁물렁했던가?

애초에, 가주가 당삼랑 같은 낙오자에게 자비를 베풀 이유가 조금이라도 있는가?

그 점을 떠올리자.

오싹……

당나와 당타의 등골에 소름이 끼치기 시작했다.

그때. 당삼랑의 목소리가 으스스하게 울려 퍼졌다.

"모르겠으면 그냥 소리만 지르라니까."

동시에, 당삼랑의 손아귀가 이쪽을 향해 확 뻗어 온다.

그 엄청난 빠르기 앞에 당나와 당타는 아무런 반응도 할 수 없었다.

터-억!

당삼랑의 손이 당나의 목을 조르며 앞으로 끌어당겼다.

"이익!?"

당나 역시도 주먹을 내뻗었다.

녹빛의 기류가 그의 주먹에 실려 당삼랑의 가슴팍을 때렸다.

하지만.

…퍼펑!

당삼랑의 가슴팍에서는 그저 가죽 북을 두드린 듯한 소리만 들려올 뿐이다.

되레 당삼랑의 가슴팍을 때린 당나의 주먹이 으스러지고 말았다.

"끄윽!?"

당나가 입술을 깨물며 비명을 참았지만 뒤이어 날아드는 당삼랑의 손바닥까지 참아 내는 것은 무리였다.

쩌-걱!

좌에서 우로 휘둘러진 단 한 방의 손바닥.

그것에 의해 당나의 광대뼈가 함몰되었고 한쪽 이빨 여덟 개가 모조리 입 밖으로 사출되었다.

"⋯⋯! ⋯⋯! ⋯⋯!"

당나는 정신줄을 놓치지 않고 붙잡았다.

당문칠협의 맏형이라는 자존심이 있지, 기절이 웬 말인가.

그러나.

짜—각!

곧바로 뒤이어지는 다음 귀싸대기 앞에서는 맏형이고 막
내고 구분할 바가 아니었다.

당나는 반대쪽 광대뼈가 함몰되는 것과 다른 쪽의 이빨 여
덟 개가 부러지는 것을 동시에 느끼며 쓰러졌다.

"⋯⋯."

홀로 남게 된 당문칠협 당타.

그에게 당삼랑이 묻는다.

"교육이 다 끝나 가는데, 아직 모르는 것 있나?"

"무, 무슨 교육 말이냐? 뭘 알려 줬다는 거야?"

"수준 차이."

"⋯⋯!"

동시에, 방 안을 가득 채우고 있던 독기가 어디론가 빨려
들어간다.

쉬이이이이이이익!

당삼랑은 몸 밖으로 배출했던 독기들을 다시 모조리 거둬
들였다.

깨끗해진 방 안에는 핏물과 이빨들만이 굴러다니고 있을 뿐이었다.

"으으으으! 이 새끼!"

당타는 이를 악물고는 손바닥을 날렸다.

당가의 절기 중 하나인 비서장(飛絮掌)이 완벽한 호선을 그리며 펼쳐진다.

하지만.

…우드득!

당삼랑은 너무나도 손쉽게 당타의 손을 잡아챘고 그대로 손가락을 꺾어 버렸다.

"끄으으으읔!"

당타는 부러진 손가락을 쥔 채로 물러났다.

그 앞으로 다가온 당삼랑이 손바닥을 들어 올린다.

당타는 자신의 끝을 예감하고는 두 눈을 질끈 감았다.

……하지만.

턱─

당삼랑은 당타를 때리지 않았다.

다만 손바닥으로 그의 뒷목을 짚은 뒤 돌아서게 만들었을 뿐이다.

"교육이 어느 정도 된 것 같으니 가 봐라. 저것들 다 치우고."

"……."

당삼랑의 말에 당타는 참았던 숨을 내쉬었다.

그러고는 널브러져 있는 형제들을 보며 이를 악물었다.

"네놈. 후회하게 될 거다."

당타는 잠금쇠를 부수고는 쓰러진 형제들을 하나하나 문 밖으로 옮겼다.

이윽고, 하인들이 달려와 쓰러진 당문칠협의 육 인을 업어 나른다.

방을 나가기 전, 당타는 당삼랑을 돌아보며 말했다.

"······우리는 너를 위해서 왔던 것이다. 네놈이 가문 내부의 사정을 모르니 이토록 방만하게 구는 것이겠지."

"처음에 왔을 때 경호 목적이 아니라 감시 목적이라고 하지 않았나?"

"그래. 하지만 감시 대상은 네놈이 아니었다."

"······?"

당삼랑이 고개를 갸웃했다.

당타는 입술을 깨물며 말을 끝맺었다.

"다시 한번 말하지. 너는 우리를 내쫓은 것을 후회하게 될 것이다. 새벽을 맞이하기도 전에 말이야."

두들겨 맞고 도망치는 것치고는 꽤나 의미심장한 말이었다.

"……감시 대상이 내가 아니었다 이건가?"

당삼랑의 얼굴을 하고 있는 추이는 방 안에 홀로 앉아 밤을 보내고 있었다.

이윽고, 추이는 생각 끝에 고개를 끄덕였다.

"아. 무슨 말인지 알겠군."

추이의 손은 구석에 놔두었던 봇짐을 향해 움직인다.

보따리 안에는 네 개로 분절되어 있는 매화귀창이 들어 있었다.

추이가 창을 잡는 순간.

사아아아아……

주변이 이상하리만치 고요해졌다.

바람이 나뭇잎을 스치는 소리, 풀벌레들이 짝을 찾는 소리, 모래가 날리는 소리, 이 모든 것들이 일거에 싹 사라졌다.

그리고 추이의 기감 끝에 아주 작은 기척들이 걸려들기 시작했다.

저벅…… 저벅…… 저벅…… 저벅…… 저벅…… 저벅……
저벅…… 저벅…… 저벅…… 저벅…… 저벅…… 저벅……
저벅…… 저벅…… 저벅…… 저벅…… 저벅…… 저벅……
저벅…… 저벅…… 저벅…… 저벅…… 저벅…… 저벅……
저벅…… 저벅…… 저벅…… 저벅……

이곳을 포위하고 있는 수많은 발걸음.

모기의 날갯짓만큼이나 작은 기척들이었으나 이올의 경지를 대성한 추이에게는 그것들 하나하나가 아주 또렷하게 들려왔다.

"감시의 대상은 내가 아니라 저놈들이었나."

추이는 몇 시진 전에 늘씬하게 패 주었던 당문칠협의 모습을 떠올리고는 고개를 끄덕였다.

그러고는 매화귀창을 등 뒤로 옮겨놓은 채 가부좌를 틀었다.

"오늘은 환영인파가 좀 많군."

망나니가 오랜만에 가문으로 돌아왔으니 어차피 다 한 번씩은 거쳐 가야 할 절차들 아니겠나.

이참에 싹 몰아서 치르는 것도 좋은 일이지 싶다.

오독교(五毒敎)

가장 외진 곳에 마련되어 있는 추이의 침소.

그 일대를 수상한 발소리들이 쭉 둘러 포위했다.

추이는 독봉 당예짐이 알려 주었던 가문 내부의 상황을 떠올렸다.

'요즘 아버님과 첫째 오라버니가 조금 이상해. 아니, 사실 조금 이상한 게 아니라 많이 이상하지. 가문 내에서 자신들의 편이 아닌 원로들이나 중역들을 모조리 숙청하고 있어. 나는 둘째 오라버니도 그중 하나가 아닐까 생각해. 가문 내에 피바람이 부는 중이야.'

자연스럽게, 당타가 마지막에 했던 말 역시도 떠오른다.

'다시 한번 말하지. 너는 우리를 내쫓은 것을 후회하게 될

것이다. 새벽을 맞이하기도 전에 말이야.'

확실히 그 말대로다.

사천당가 내부에는 근원을 알 수 없는 은밀한 움직임들이 오가고 있었다.

무슨 일이 있을 때마다 가문 내 식구들끼리 암중혈투가 벌어지는 것은 사천당가의 오랜 전통이지만, 이번만큼은 풍기는 피비린내가 예사롭지 않았다.

추이는 흔들거리는 등잔불을 들어 방문을 응시했다.

창문을 통해 들어오는 찬바람에 비릿한 피 냄새와 매캐한 독 냄새가 섞여 오고 있었다.

덜컥— 끼이이이익……

문이 열렸다.

이윽고, 방 안으로 허수아비 같이 생긴 그림자 하나가 불쑥 뛰어들었다.

"당삼랑."

저승차사가 명부에 적힌 이름을 부를 때 낼 법한 목소리.

그 뒤로 다른 십수 개의 그림자가 칼빛을 뿌린다.

제일 앞에 서 있는 복면인이 물었다.

"너는 오독(五毒)의 두려움을 아직 기억하고 있는가?"

"……."

왠지 귀에 익은 말이다.

추이는 복면인이 했던 말과 비슷한 말을 전에 들어 본 적이 있었다.

'오독을 두려워할지어다.'

꿈속에서 만났던 사백정 당삼랑의 망령,

그것은 분명 추이가 들어 본 적 없는 말을 뇌까렸었다.

……심상뇌옥에 갇힌 창귀가 건넨 조언이었을까?

……무의식이 만들어 낸 허상이 우연히 현실의 것과 일치했던 것일까?

……그것도 아니면, 이올의 경지를 깨치고 육혼의 관문 앞에 선 자에게 나타나는 '기얽힘' 현상의 여파일까?

자세한 내막은 알 수 없었지만, 추이는 일단 이 상황에 자연스럽게 묻어 가고자 했다.

끄덕-

말없이 고개를 주억거리는 것은 언제 어디서고 간에 유용한 대화 수단이다.

추이가 고개를 끄덕여 동의의 뜻을 표하자 복면인의 기세가 아주 약간은 누그러졌다.

"네가 가문으로 복귀한 시점이 영 좋지 못하다. 관과 당문은 아직 '묘족 학살 사건'의 주범을 찾고 있음이야. 왜 본교에서 연락을 취할 때까지 기다리지 않았지?"

복면인은 묘한 소리를 늘어놓기 시작했다.

순간, 추이의 눈썹이 미미하게 움직였다.

'본교(本宗)'. 눈앞의 이 복면인들은 자기 자신들의 소속을

'종교(宗敎)'라고 밝히고 있다.

'……그렇게 된 것이었나. 알 만하군.'

추이는 회귀하기 전, 귀계모략(鬼計謀略)이 난무하던 강호무림에서 굴러먹을 대로 굴러먹었던 몸.

말하자면 이미 닳고 닳은 노강호(老强豪)라는 소리다.

게다가 추이는 당삼랑의 창귀를 통해 이미 많은 정보들을 얻어 낸 뒤가 아닌가.

심지어 앞으로 펼쳐질 미래의 일들까지 모조리 꿰고 있기에, 추이는 아주 작은 단서들로도 많은 것들을 추론해 낼 수 있었다.

이윽고. 추이는 태연하게 대답했다.

"그동안 장강수로채에 몸을 의탁하고 있었다. 하지만 그곳에서도 소란이 일어나는 바람에 더는 있을 곳이 없게 되었지."

"……으음. 인백정 가정맹이 반란을 일으켜 거정(巨鯨)을 죽였다는 소문은 익히 들었다. 그 뒤에 술백정과 해백정, 그리고 삼칭황천이라는 젊은 고수가 손을 잡고 인백정을 몰아냈다지. 너도 그 일에 개입되어 있는가?"

"그렇다."

"그렇다면 본교가 장강수로채와 우호적인 관계를 맺을 수도 있겠군."

"그렇다."

추이는 계속해서 듣기 좋은 말만 해 주었다.

복면인은 무언가를 고민하는 듯하더니 이내 고개를 끄덕였다.

"좋다. 그렇다면 너는 당분간 당문에서 대기하고 있어라. 추후 네가 나서야 할 일이 생기면 기별을 넣겠다."

추이는 천천히 고개를 끄덕였다.

그러자 복면인은 품속에서 무언가를 꺼냈다.

그것은 자단목으로 만든 작은 목갑이었다.

…딸깍!

목갑을 열자 안쪽에 자주색 보자기가 뭉쳐져 있는 것이 보인다.

그 위에는 붉은빛이 도는 손톱만 한 구체 하나가 박혀 있었다.

콩알 같기도 하고 열매 같기도 한 그것을 복면인은 추이의 앞으로 들이밀었다.

"그 전에, 이것을 복용하라."

"……."

"설마 이것이 무엇인지 잊어버리지는 않았겠지?"

추이가 말이 없자 복면인은 다소 의심스럽다는 시선을 보내온다.

하지만 추이는 이것에 대해 이미 잘 알고 있었다.

오독선충(五毒蟬蟲).

이것은 고독의 일종으로 한번 사람의 몸속에 들어가게 되면 어지간해서는 빼낼 수가 없다.

한 개의 알만 배 속에 자리 잡아도 불과 일주일 사이에 일만 마리의 성충으로 변하며, 정기적으로 특수한 약물을 먹지 않으면 곧바로 발작을 일으켜 전신의 혈맥을 터트려 버린다.

즉. 이것을 먹는다면 평생 억제제를 달고 살아야 한다는 뜻이다.

그리고 지금 눈앞에 있는 복면인은 그 억제제를 이용해서 추이를 노예로 삼으려 하고 있었다.

하지만.

"……."

추이는 별다른 저항 없이 오독선충의 알을 입안으로 털어 넣었다.

그제야 복면인은 흡족한 기색으로 고개를 끄덕거렸다.

"너의 충심은 아직 변함이 없구나. 내 너의 말을 믿겠다."

오독선충의 알을 삼킨 자는 무조건 노예가 될 수밖에 없다.

복면인은 그렇게 철석같이 믿고 있었다.

……하지만.

추이의 배 속에서는 복면인이 감히 상상도 하지 못할 일이 벌어지고 있었다.

꾸르르르륵!

숙주의 배 속에서 부화를 시작한 오독선충.

그것은 본디 알에서 깨어나자마자 숙주의 위벽을 뚫고 다른 장기로 침투하여 출혈과 괴사를 일으켜야 한다.

그러나, 추이의 배 속에 들어간 오독선충은 알껍질을 찢고 나오자마자 무시무시한 장면을 목도해야 했다.

[그으으으으!]

[아—아아아아아아—]

[히히히히히히히히히!]

[부글부글부글부글부글부글……]

굶주린 창귀들이 이빨을 드러내고 침을 질질 흘리며 이쪽을 향해 손아귀를 뻗어 오는 장면이었다.

…우드득! 뿌드득! 빠직! 짜아아아아악!

알에서 깨어난 선충은 곧바로 창귀들의 손에 잡혀 수많은 조각으로 찢어져 버렸다.

창귀들은 한때 선충이었던 작은 고기조각들을 게걸스레 먹어치우고는 경중경중 뛰고 춤추며 심상뇌옥 깊숙한 곳으로 되돌아갔다.

한편, 그 사실을 알 리 없는 복면인은 추이를 내려다보며 말을 이었다.

"네가 오독선충을 복용했으니 예전에 도망쳤던 일에 대해서는 묻지 않겠다. 다만 버러지 같은 묘족 놈들에게서 빼앗은 독 제조법이 아직도 완전히 연구되지 않았으니 최선을 다해 협조하여……."

그러나. 그는 말을 끝까지 맺지 못했다.

뻐끔뻐끔―

목에 구멍이 뚫려서 그곳으로 목소리가 다 새어 나와 버렸기 때문이다.

"?"

복면인은 자신의 목에 뚫린 구멍과 그곳에서 뿜어져 나오는 피분수를 내려다보았다.

그리고 그 앞에는 어느새 송곳을 든 추이가 서 있었다.

"끄륵?"

복면인은 지금 무슨 일이 벌어지고 있는지 모르겠다는 표정으로 허물어졌다.

그러자 뒤에 서 있던 복면인들의 눈이 찢어질 듯 커졌다.

"네놈……!?"

하지만 그 전에, 추이가 먼저 입을 열었다.

"오독교(五毒敎)에서 왔나?"

동시에 추이의 등 뒤에 있던 매화귀창이 모습을 드러냈다.

"개죽음당하러 오느라 수고 많았다."

쇠붙이와 쇠붙이가 끼워지며 하나로 단단하게 결합되는 소리.

…철커덕!

매화귀창의 붉은 날이 방 전체를 가로로 그어 버렸다.

쩌—억!

침소 전체가 반으로 갈라지며 복면인들의 팔뚝과 허리에 붉은 적선이 그어졌다.

…썩둑! …썩둑! …썩둑!

앞에 있던 복면인 셋의 상체와 하체가 분리되어 나뒹굴었다.

뒤에 있던 복면인들은 혼비백산하여 뒤로 물러났다.

"이놈! 고독이 두렵지 않은 모양이로구나!"

늙은이로 추정되는 복면인 하나가 품에서 종을 꺼내 울리기 시작했다.

아마 타인의 체내로 들어간 오독선충을 조종하는 신호이리라.

하지만 추이의 배 속으로 들어간 고독은 이미 창귀들에 의해 산산조각으로 찢어진 뒤 말라비틀어진 뒤였다.

…퍽!

추이가 내뻗은 매화귀창이 늙은이의 가슴팍을 뚫고 틀어박혔다.

창날은 너무나도 쉽게 인간의 피륙을 가르고 들어가 내장을 훑고 척추뼈를 세로로 쪼개 놓는다.

쫘—악!

창을 빼내는 즉시 복면인의 혼백이 창귀로 변해 추이의 단전 속으로 빨려들었다.

기—이이이이이이······

추이의 몸에서 선혈과도 같은 색깔의 아지랑이가 피어오르기 시작했다.

적사투관(赤蛇透關)의 경지.

하지만 추이는 나락노야와의 싸움에서 살아남은 이후 그 다음의 단계까지 밟은 상태였다.

붉은 뱀이 꼬리를 물며 회전하는 듯하더니 핏빛의 연꽃처럼 피어난다.

천화난추(天花亂墜).

절정을 넘어 초절정의 문을 두드릴 때 피어난다는 심상(心想)의 연꽃이 주변을 밝게 비춘다.

다만, 으레 다른 고수들이 피워 내는 연꽃이 황금빛을 띤다면 추이가 피워 낸 연꽃은 금방이라도 피가 뚝뚝 떨어질 듯 붉다는 점에서 차이가 있었다.

'······사람 피를 먹고 자란 연꽃이라 그런가.'

추이는 대수롭지 않게 발걸음을 옮겼다.

쉬—익!

뱀처럼 날아든 창이 또 하나의 복면인을 스쳐 지나갔다.

···틱!

가볍게 스쳐 지나간 듯했지만 사실 그 여파는 가볍지 않았다.

피부 위로 불그스름한 선이 생기는가 싶더니 이내 선혈이 방울방울 배어 나온다.

창날은 틀림없이 복면인의 목젖을 반 뼘 정도의 깊이로 베어 놓고 간 것이다.

털썩-

목을 부여잡고 끅끅거리던 복면인이 풀밭에 대가리를 박으며 고꾸라졌다.

"뭐, 뭐야? 어째서 당삼랑 따위가……."

"낙오된 실패자 놈이 어떻게 이런 무위를……?"

"대체 정체가 뭐냐 이놈!? 뭔데 감히 본교에 대적하느냐!"

복면 위로 보이는 눈알들이 불안하게 흔들린다.

그리고 이내, 정체를 묻는 질문에 추이는 창을 들어 올리며 답했다.

"창귀(槍鬼)."

현생에서는 아무도 불러 주는 이 없는 별호였다.

창귀가 창을 잡았다.

단지 그것만으로 주변의 분위기가 확 뒤바뀌었다.

"……."

추이는 창강(槍罡)에 잘려서 기울어진 숙소 너머를 흘끗 응시했다.

어둠 너머, 먼 곳에 있는 당가의 청음초들은 여전히 잠잠하다.

아직 이쪽의 소란을 눈치채지 못한 모양.

아니면 애초에 오독교의 자객들이 보초병들을 제거하고 온 것일지도 모른다.

어쩌면 근무자 명단 자체를 바꿔 놨을 가능성도 있을 수도 있고.

하지만 뭐가 됐든, 추이에게는 상관없는 일이었다.

복면인들은 추이가 큰 소리를 내서 소란을 피우거나 어디 신호탄이라도 터트릴까 경계하는 모양새였지만…… 당연하게도 추이는 지금의 이 상황을 당가에 알릴 생각이 없었다.

'조용히 싹 다 죽여서 창귀로 만든 뒤에 정보를 캐내는 편이 최선이겠지.'

이미 복면인 여섯의 목을 쓱싹했다.

남은 사냥감들의 숫자는 일곱, 공교롭게도 아까 전에 두들겨 패 주었던 당문칠협인지 뭐시긴지 하는 놈들과 똑같은 머릿수였다.

하지만 사천당가의 가솔들과 여기 오독교의 교인들에 대한 처우는 다를 수밖에 없다.

그도 그럴 것이…….

'오독교는 훗날 혈교의 밑으로 합병되는 집단이니까.'

조금 더 정확히 표현하자면, 오독교는 먼 훗날 혈교의 사천지부(四川支部)가 된다.

사천 일대에서 혈교를 대신하여 군림하는 동시에 중원에서 날뛰고 있는 혈교 본단에 막대한 지원을 하는 병참기지.

그것이 바로 오독교의 후신(後身)이었다.

'……오독교 놈들이 혈교에 지원했던 쌀과 황금, 그리고 독 때문에 죽어 나간 양반들이 한둘이 아니었지.'

오독교의 준동으로 인해 죽어 나간 사천의 영웅들, 그들의 시산혈해를 직접 목도했던 추이로서는 손속을 잔혹하게 쓸 수밖에 없다.

참고로 그 당시에 넘실거리던 피바다의 절반가량은 사천당가에서 흘러나왔던 것이기도 했다.

'사천당가를 내부에서부터 잡아먹으려 했겠지만…… 이번에는 조금 어려울 것이다.'

추이는 한때 오독교의 고수들과 수없이 많은 혈전을 벌였었다.

그러는 과정에서 여러 번 목숨을 잃을 뻔하기도, 영구적인 장애를 입기도 했다.

하지만 이제는 그럴 일이 없을 것이다.

오독교가 제대로 된 모습으로 태동(胎動)하기도 전에 박살내 버릴 테니까.

'지금 죽여야 가장 쉽다.'

추이는 팔을 내질렀다.

창은 마치 추이의 팔이 직접 늘어난 것처럼 뻗어 나가 복면인 하나의 손을 찔렀다.

숭덩- 숭덩- 숭덩-

복면인은 재빨리 손을 치웠으나 새끼손가락 전체와 약지의 둘째 마디, 중지의 첫째 마디를 잃고 말았다.

　"크흑!?"

　복면인은 검지와 엄지, 중지의 일부로만 칼을 잡은 채 휘둘렀다.

　키리리리릭—

　칼끝에서 피어오른 검붉은 독기가 허공에 '口'자의 모양을 몇 겹으로 그려 낸다.

　적구독설검법(赤口毒舌劍法).

　사천당가의 독문검법이 펼쳐지고 있었다.

　"……."

　추이는 코끝을 스쳐 가는 검격을 자세히 훑어보았다.

　사천당가의 적구독설검법이라면 추이 역시도 잘 알고 있다.

　회귀하기 전, 당가의 고수들과 합을 겨루어 본 경험이 많기 때문이다.

　하지만. 지금 눈앞에서 펼쳐지는 적구독설검법은 원본과는 조금 다르다.

　조금 더 정확히 표현하자면, 검이 움직이는 궤적은 비슷하나 그 안에 담겨 있는 내용물이 다른 것이다.

　오독(五毒)의 기운.

　오독교의 교인들은 자신들이 만들어 낸 새로운 독과 그것을 쓰는 방식을 사천당가의 검법에 적용하여 그것을 전혀 다른 분위기의 검법으로 재탄생시켰다.

'어떤 독은 사용자의 의중에 따라 그 효능을 달리하는 경우도 있지.'

천기자가 만든 천기단이 그렇듯, 오독교의 독도 마찬가지다.

같은 독이라고 해도 어떤 사람이 어떤 마음으로 사용하느냐에 따라 상이한 효과가 나온다.

심상(心想)의 영향을 받는 독.

그것이 오독교 교인들의 적구독설검법에 녹아들어 있는 것이다.

…화르륵!

오독교의 적구독설검을 본 추이의 눈앞에 환각들이 스쳐 지나간다.

어두운 숲.

불타고 있는 제전.

붉은 도깨비 탈을 쓴 주술사.

숲 전체에 울려 퍼지고 있는 노래.

위로 삐죽 솟은 엄니, 구리로 된 머리와 무쇠로 된 이마, 네 개의 눈, 여섯 개의 팔, 곰의 등, 소의 뿔과 발굽.

千古奇才橫空賢

－기이한 재주가 하늘을 덮는 천고의 현자여

可堪并论炎黄间

　　－염제와 황제 둘이라도 어찌 비하랴

五兵刑法君始点

　　－다섯 무기와 형과 법이 여기에서부터 시작했으니

九黎生气冲云天

　　－구리 백성들의 사기는 하늘을 찌르는도다

席卷中原华夏联

　　－염제와 황제를 누르고 중원을 석권하니

血染江河五千年

　　－피로 물든 강물이 오천 년을 흐르네

英名不因涿鹿败

　　－영웅의 이름은 탁록의 패전으로도 가릴 수 없으니

老黑石山百花鲜

　　－흑석산 온갖 꽃들 여전히 붉네

　동시에 추이의 귓가로 수많은 사람들이 울부짖는 소리가
들려온다.

　'출탁록기(出涿鹿記), 등장백산(登長白山), 해동귀환(海東歸還).'

　묘족. 아주 오래 전에 학살당했던 마을 사람들의 피눈물이
추이의 등을 밀어주고 있었다.

　"……."

추이는 차분한 마음으로 움직였다.

눈이 머는 일은 없었다.

피가 거꾸로 역류하는 일도 없었다.

머리털이 곤두서지도, 몸이 뜨거워지지도 않았다.

마치 잘 만들어진 기계가 움직이듯, 추이는 계속해서 창을 놀렸다.

퍼—억!

매화귀창창은 적구독설검법을 파훼하고 들어가 복면인 하나의 골통을 둘로 쪼개 놓았다.

추이는 물러나지도, 머뭇거리지도 않았다.

복면인들 역시도 그랬다.

"포위해라! 한꺼번에 쳐야 한다!"

"이놈은 무조건 여기서 죽여야 해!"

"오늘 살려 두었다가는 장차 반드시 후환이……!"

복면인들의 목소리가 어딘가 낯익다.

추이는 늘 꾸었던 악몽 속에서 들었던 학살자들의 목소리를 떠올렸다.

'묘족 놈들의 씨를 말려라.'

'독 항아리들을 모두 수레에 실어.'

'벌레 새끼 한 마리 남기지 말고 모조리 죽여야 한다.'

여전히 분노라는 감정은 딱히 느껴지지 않는다.

화낼 일이 아니라서가 아니고, 이 정도 분노에 금방 달아

오르기에는 그동안 거쳐 온 담금질의 세월이 너무나도 길었다.

추이는 여전히, 차가운 기계처럼, 꾸준하고 반복적으로 창을 움직였다.

마음과는 별개로 단전은 용광로처럼 뜨겁게 달아오르며, 펄펄 끓는 쇳물과도 같은 내력을 혈맥 곳곳으로 펑펑 뿜어내보내고 있었다.

"이, 이런 괴물 같은…… 이게 대체 무슨 일이야! 왜 정보가 틀려!?"

복면인들은 하찮게만 보던 당삼랑의 무위가 상상을 초월하는 수준임을 깨달았다.

이제 남은 이들은 여섯.

그들은 추이를 향해 일제히 독을 뿌렸고 각자의 무기들을 휘둘렀다.

구환살(九幻殺).

아홉 개의 뱀창이 추이를 노린다.

그 외에도 추혼연미표, 구독갈미, 배심정, 단혼사, 귀왕령 등의 상승 암기술이 추이 하나만을 향해 빗발치고 있었다.

그러나. 추이는 그것들 중 단 하나도 피하지 않았다.

…퍼퍼퍼퍼퍽!

전신을 파고드는 뱀창들에도 불구하고 추이는 저돌처럼 밀고 나갔다.

그리고 이내.

…뿌욱!

맨 앞에 있던 복면인 하나가 추이의 창에 가슴을 꿰뚫렸
다.

추이는 그 즉시 창을 휘둘러 옆에 있는 다른 복면인의 옆
구리를 찔렀다.

…콰드득!

갈빗대들이 박살 나며, 복면인 하나가 연이어 추이의 창에
꿰였다.

그것도 모자라, 추이는 그 너머에 있던 복면인의 등짝에
끝끝내 창날을 박아 넣었다.

…우지지직!

총 세 명의 복면인이 추이의 긴 창 끝에 고기산적처럼 주
렁주렁 꿰였다.

추이는 창을 위로 훌쩍 치켜들었다.

후두둑– 후두둑– 후두둑–

시커먼 독혈(毒血)이 소낙비처럼 떨어져 내린다.

그 기세에 눌린 다른 복면인 셋은 감히 대적할 생각조차
하지 못하고 뒤로 물러났다.

쭈욱– 쭉– 쭈우우욱……

추이는 죽은 복면인들의 혼백을 빨아들이며 앞으로 나아
갔다.

"육혼의 관문을 여는 장작이 되어라."

추이는 창을 한번 튕겨서 꿰여 있던 시체들을 털어 냈다.

육신에서는 독을 빨아들여 영약으로 삼고, 혼백은 창귀로 만들어 심상뇌옥에 가둔다.

오독교의 독인들은 일반적인 무림인들을 죽여서 창귀로 만드는 것보다 수율이 두 배 이상 좋았다.

마치 살이 두 배로 꽉 차 있는 게를 까먹는 느낌이다.

이윽고.

추이의 앞에는 오직 세 명의 복면인만이 남게 되었다.

"……."

"……."

"……."

그들은 이미 자신들이 추이의 상대가 되지 못한다는 사실을 처절하게 통감하고 있었다.

추이와 오독교인 셋.

그들은 이제 일정 거리를 두고 마주한다.

이제 여기서부터는 더 이상 거리를 좁힐 수 없다.

만약 한 뼘이라도 좁아진다면 필시 누군가가 죽을 것이다.

그리고 오독교인 셋은 이미 안다.

죽는 쪽은 높은 확률로 자신들이 될 것이라는 사실을.

그래서 그들은 눈빛을 교환했다.

"……!"

추이의 눈썹이 까닥 움직였다.

오독교인들에게는 비장의 술법이 하나 있다.

'짐육재조아도불식공(鴆肉在俎餓徒不食工)'.

그것은 스스로 소화할 수 없을 정도로 강력한 독기를 체내로 폭주시켜 모든 무공의 힘을 일시적으로 배가시키는 마공(魔工)이었다.

문제는, 이 마공은 모든 무공의 파괴력을 극한까지 끌어올린 끝에 사용자의 몸을 폭탄처럼 터트려 버린다는 것이다.

즉 죽기 직전에 적과 동귀어진하기 위한 최후의 수단인 셈이다.

"오독(五毒)을 두려워할지어다!"

복면인 하나가 고함을 치고는 피를 토했다.

그의 안색이 보라색으로 변하더니 이내 몸 전체가 크게 부풀어 오르기 시작했다.

"크아아아악!"

"끄그그그그극!"

"키에에에에에엑!"

나머지 두 복면인 역시도 마찬가지였다.

하지만.

"지겹다."

추이는 이미 이런 광경을 질리게 봐 왔다.

이 시점의 강호인들은 오독교인들의 자폭공을 보고 기겁

을 하겠지만…… 추이는 이미 수없이 많은 멸마전을 치러 본 노강호가 아닌가.

교를 위해 자폭하는 광신도들쯤이야 새삼 놀라울 것도 없는 일이다.

추이는 여상한 태도로 매화귀창을 집어 던졌다.

퍼—억!

부풀어 오르던 복면인의 복부에 구멍이 나자 이내 그곳으로 엄청난 양의 독혈이 뿜어져 나온다.

"께…… 흑!"

바람 빠진 돼지 오줌보처럼, 복면인은 허무하게 찌그러져 버렸다.

독혈로 변한 뼈와 살점, 내장들이 빠져나오자 살가죽이 흐물흐물 주저앉는다.

그러는 동안 두 복면인은 추이를 향해 달려들었다.

"갸—아아아아아아!"

"흐에에에에에에에엑!"

이제는 사람의 말조차 하지 못하게 된 자폭병들.

추이는 창 없는 맨손으로도 물러서지 않았다.

이윽고.

…쿠르르르륵!

추이의 손에서 검은 기류가 뿜어져 나왔다.

나찰장(羅刹掌).

과거 나락노야의 절기.

추이는 그때 겨루었던 강적 나락노야의 절기를 훔쳐 배워서 쓰고 있는 것이다.

'천 개의 발차기를 한 번씩 해 본 사람보다 한 개의 발차기를 천 번 해 본 사람이 더 무섭다고 했던가?'

하지만 추이는 어느 한 쪽의 부류가 아니었다.

굳이 따지자면, 추이는 다른 누군가가 천 번 해 본 발차기를 단 한 번만에 똑같이 따라 할 수 있는 부류였다.

그리고 또 그 한 번의 발차기를 천 번씩 반복하는 부류이기도 했다.

압도적인 재능과 오성.

그것은 육혼의 경지에서 쓸 수 있는 이능과는 상관없이, 나락노야의 초상승무공을 거의 비슷하게 재현해 냈다.

콰─콰콰콰콰콰콱!

추이의 손에서 뻗어 나온 검붉은 기류는 눈앞에 있던 복면인 하나를 흔적도 없이 찢어발겼다.

뿌드득! 콰득!

복면인이 허공에서 증발해 버리듯 소멸한 것은 꽤나 만족스러운 결과였지만, 그 반동으로 인해 추이의 팔 가죽은 죄다 벗겨졌고 손가락뼈도 전부 부러져 버렸다.

'역시 그냥 따라 하는 것으로는 한계가 있군. 이건 육혼의 관문을 넘었을 때에야 진정한 위력을 발휘할 수 있겠다.'

나락노야의 나찰장뿐만이 아니라 다른 창귀들의 절기 역시도 마찬가지였다.

추이는 육혼의 관문을 넘기 전까지는 이 모든 것들을 봉인해 두어야겠다고 생각하며 고개를 돌렸다.

그곳에는 마지막 복면인이 최후의 폭발을 시도하고 있었다.

"가아아아아아아악!"

이윽고, 그것은 거대하게 부풀어 오른 공처럼 변했다.

그리고 체내에 가득 찬 독기들을 온 사방으로 퍼트려 놓을 준비를 마쳤다.

사각사각사각사각사각사각······

어느 틈엔가 옆구리를 파먹고 있는 깜부기들만 아니었다면 분명 그랬을 것이다.

"!?"

복면인의 두 눈이 찢어질 듯 커졌다.

추이의 뒤통수, 검은 머리카락 끝에서 스멀스멀 번지고 있는 검은 물질이 복면인의 몸을 갉아먹고 있었다.

나락설태.

추이의 몸에서 공생하는 이 기묘한 영물은 이미 복면인의 몸 전체를 잠식하고 있었다.

"아, 앙······ 대!"

복면인은 황급히 자신의 몸을 독침으로 찔러 강제로 폭발시키려 했으나.

파사사사삭……

독침은 순식간에 붉게 녹슬더니 이내 부식되어 가루로 변했다.

꾸르르르륵……

복면인의 체내에 있던 독기운 역시도 모두 나락설태에게 잡아먹히고 말았다.

"늦었군."

추이는 복면인을 갉아먹고 있는 나락설태를 보며 미간을 찡그렸다.

전투가 시작되기 전부터 깔아 놨던 것들이 이제야 비로소 유의미한 성과를 냈다.

아무래도 이끼의 양이 적어서 그런가, 실질적으로 전투에 써먹으려면 시간이 오래 걸리는 것 같았다.

"……뭐, 됐다. 있으면 좋고 없으면 말면 되니까."

여차할 때 적의 발목을 잡아 줄 덫.

혹은 증거를 인멸할 때 쓰기 좋은 수단.

나락설태는 딱히 그 이상도, 그 이하도 아니었다.

추이는 복면인의 시체를 흔적도 없이 갉아먹는 나락설태를 무시한 채 근처의 창귀들을 흡수했다.

ㅊㅊㅊㅊㅊㅊ……

오독교인들의 혼백이 남김없이 심상뇌옥에 갇혔다.

살아 있을 때보다 훨씬 솔직해져 있을 오독교인들을 향해,
추이는 전음을 보냈다.

'천기단과 오독교에 대해 아는 것들을 모두 말해라.'

혹시 모르는 것이 있는지 꼼꼼하게 따져 볼 생각이었다.

어둠 속.

…화륵!

등잔불 하나가 켜졌다.

희미한 화광 너머로 그림자 하나가 어른거린다.

"……."

복면을 쓴 남자 하나가 미로같이 연결되어 있는 지하 공간
의 끝, 깊숙한 회랑을 지나고 있었다.

철벅– 철벅– 철벅–

폐쇄된 복도에는 물과 진흙이 무릎까지 차올라 있다.

이 지하 통로는 한때 많은 사람들을 한 번에 이동시킬 목
적으로 건설되었으나 지금은 버려진 지 아주 오랜 세월이 흘
러간 것처럼 보였다.

복면인은 늘어져 있는 덩굴들과 나무뿌리들을 들추고는
한 석실 안으로 들어갔다.

그곳에는 다른 축축한 공간과는 다르게 바싹 말라 있는 고

지대가 있었다.

복면인은 등잔을 들어 올려 석실 한쪽을 비추었다.

폐쇄구역의 최심층부였지만 사람의 손길이 정기적으로 닿고 있는 듯 깨끗한 공간이었다.

복면인은 물과 진흙이 차 있는 회랑에서 벗어나 계단을 걸어올라왔다.

이내 불빛에 비친 석실 내부의 풍경이 드러난다.

[키이익! 키익!]

[쉬익– 쉬이이익–]

[그르르르르르르르르르······]

수많은 독물들이 갇혀 있는 방.

철창 속에는 뱀과 전갈, 거미, 지네, 벌, 독두꺼비 같은 것들이 드글거린다.

어항 속에 담겨 있는 복어, 독문어, 바다뱀, 청자고둥 등등 해양 생물들도 엄청나게 많았다.

실험용 쥐나 토끼, 원숭이들이 우리 한구석에 붙어서 몸을 오들오들 떨고 있는 것도 보였다.

그리고 그 사이에서 또 하나의 그림자가 몸을 일으켰다.

"먼저 와 계셨습니까, 아버님."

사내가 복면을 벗었다.

당해아의 맨얼굴이 불빛 아래 드러났다.

먼저 와 있던 사내는 냉막한 표정으로 고개를 끄덕였다.

사천당가의 가주 당무상.

그는 자신의 적장자를 이런 외지고 으슥한 곳에서 만나고 있는 것이다.

이윽고, 둘은 작은 협탁을 마주한 채 석실 내부에 앉았다.

당무상이 나지막한 목소리로 물었다.

"꼬리는?"

"두 놈이 붙었지만 따돌렸습니다."

"정체는 확인했나?"

"하나는 원로원 쪽에서 붙여 놓은 시비였고 다른 하나는 외당 쪽에서 근무하는 삼급위사였습니다."

"죽이지 말고 살려 놓아라. 정체가 발각된 첩자만큼 이용하기 쉬운 것이 없다."

"명심하겠습니다."

당해아가 고개를 숙였다.

당무상은 곧바로 본론부터 꺼내 들었다.

"성과는 있었느냐?"

"예."

당해아가 고개를 끄덕였다.

그는 아비의 앞으로 여러 장의 서류들을 내려놓았다.

"집안 내부에 첩자가 있습니다. 살펴보니 운남(云南)에서 들어오는 대부분의 독물들이 어딘가로 빼돌려지고 있더군요. 짐독(酖毒), 철독(鐵毒), 시독(豺毒), 명독(命毒), 경독(竟毒), 살

독(惡毒) 등등의 재고량들이 전부 조작되어 있는 상태였습니다. 규모를 보니 하루 이틀의 일은 아닌 것 같고, 최소한 십수 년 이상 자행된 일입니다."

"장부에는?"

"아무런 흔적도 없이 깨끗합니다. 그래서 제가 첩자를 의심하는 것입니다."

"장부는 깨끗한데 내실은 텅텅 비어 있다라…… 이랬다가는 막상 큰 전투가 벌어졌을 때 적재적소에 보급을 할 수 없게 된다. 독도 약도, 이것은 치명적이야."

"그뿐만이 아닙니다. 본가의 장원 구조, 병력, 무력 체계, 경계 교대 시간, 그 모든 정보들이 가외로 새어 나가고 있습니다. 이 또한 흉수가 가문 내부에 도사리고 있다고밖에는 볼 수가 없지요."

"가문 내부에…… 우리 식구라는 뜻이군."

아들의 보고를 받는 당무상의 표정은 점차 무시무시하게 일그러지고 있었다.

"'대업(大業)'을 앞두고 이런 불상사들이 생겨서는 안 된다. 자칫 잘못했다간 지금껏 준비했던 모든 것들이 죄다 수포로 돌아갈 수 있음이야."

"만전에 만전을 가하고 있습니다. 다만 내부의 적을 완전히 도려내지 않으면 이와 같은 일들은 계속 재발할 것입니다."

"집성촌 쪽에 있는 방계일 가능성은 없나?"

"희박합니다. 최소 십수 년 전부터 본가 내부의 독과 약들을 빼돌린 놈들이니만큼 반드시 담장 내부에 있을 것입니다."

"원로원의 움직임은?"

"여전합니다. 자신들의 권력만 보존할 수 있다면 이쪽이든 저쪽이든 상관없다는 태도입니다."

"쥐새끼 같은 늙은이들. 염치도 분수도 모른 채 사사건건 발목만 잡고 늘어지는구나. 팔아먹을 것이 없어 식구를 팔아먹으려 들다니. 전부 다 도륙을 내 버려야 하거늘……."

석실 내부에는 잠시 침묵이 감돌았다.

이윽고, 당무상이 눈을 빛냈다.

"계책이 있다."

"경청하겠습니다."

"이번 천기단 보수를 네가 맡아라."

"……!"

당해아의 두 눈이 가늘어졌다.

당무상은 턱을 짚은 채 말했다.

"나는 첩자들을 색출한다는 명분으로 본가에 남겠다. 등천학관으로 가는 파견단은 네가 진두지휘하거라."

"아버님. 소자가 어찌 벌써 천기단을 관리할 수 있겠습니까."

"단순히 영약을 관리 및 보수하는 것은 네가 나보다 낫다."

"당치 않으신 말씀이십니다."

"청출어람(靑出於藍)이라. 지나친 약은 독이다. 겸손 역시도 필요한 곳에서만 미덕인 법."

"……."

신의라고 불리는 당무상의 인정에 당해아의 고개가 깊게 숙여졌다.

당무상의 두 눈에서 섬뜩한 빛이 번뜩였다.

"네가 나 대신 등천학관으로 가거라. 그리고……."

"……!"

부자간에 밀담이 오간다.

아비의 귓속말을 들은 당해아의 두 눈이 부릅떠졌다.

"그 방법이 통하겠습니까? 등천학관 측에는 무어라 둘러대야……."

"그것은 네가 걱정할 바가 아니다."

당해아가 우려의 빛을 표했으나 당무상은 그것을 일축했다.

시커먼 어둠 속, 부자는 그렇게 한동안 더 두런두런 밀담을 주고받았다.

그때, 당해아가 문득 입을 열었다.

"참. 셋째는 어떻게 하면 좋겠습니까?"

"……."

당삼랑을 언급하는 당해아의 질문에 당무상은 잠시 입을 다물었다.

이윽고, 당무상이 말했다.

"배신자가 내부에 있다고 했었지?"

"……!"

당해아의 표정이 딱딱하게 굳는다.

당무상은 나지막한 목소리로 말을 이었다.

"나간 놈이 부득불 다시 기어 들어온 것에는 이유가 있겠지."

"……."

"속단은 금물이다. 다만 모든 가능성에 대비해라. 해 줄 말이 많지가 않구나."

당무상은 당해아를 지켜 줘야 할 아들이 아니라 함께 손을 잡아야 할 전우로 대우하고 있었다.

그것을 느낀 당해아는 천천히 고개를 끄덕였다.

바로 그때.

…딸랑!

복도에서 방울 소리 하나가 울려 퍼졌다.

옅게 이어진 잠사에 매달려 있는 방울.

…딸랑! …딸랑! …딸랑! …딸랑!

그것은 물과 진흙, 어둠뿐인 회랑 내부에 으스스하게 메아리친다.

당해아의 표정이 확 바뀌었다.

"양반은 못 되는군요. 셋째가 기거하는 숙소 쪽 청음초 애들입니다."

"……."

당무상은 자리에 앉은 채 아무런 말이 없다.

당해아가 몸을 일으켰다.

"먼저 복귀하겠습니다, 아버님."

"추후 올라가마."

부자의 대화는 늘 이렇게 남들의 시선을 피해 가며 이루어진다.

사천당가는 그런 곳, 아니 그래야만 살아남을 수 있는 곳이었다.

✽✽✽

당해아.

그는 외곽 숙소의 풍경을 보며 입을 반쯤 벌리고 있었다.

"이게 대체……."

무슨 일이 있었던 것인지 건물이 하루아침에 폭삭 주저앉았다.

굵은 소나무 기둥들과 돌을 쌓아 세운 벽이 마치 작대기를 대고 잘라 낸 것처럼 반듯하게 썰려 나가 있었다.

이것은 절정고수가 뿜어내는 강기(罡氣)가 아니고서야 불가능한 것이다.

하지만 그뿐만이 아니었다.

일대의 풀들이 싹 사라지고 터 전체가 황량한 불모지로 변해 버렸다.

심지어 지면에 뽕뽕 뚫려 있는 개미굴 속에도 개미 새끼 한 마리 보이지 않았다.

근처는 온통 패이고 긁힌 자국들이었다.

지면을 깊게 갈라 놓은 검흔을 보면 분명 당가의 암기술과 검술이 시전된 흔적 같다.

하지만 정작 그 어디에도 무기와 시체가 보이지 않았다.

살점 한 점, 머리카락 한 올, 피 한 방울, 심지어 옷 조각마저 하나도 보이지 않는 것이다.

'세상에 이럴 수가 있나?'

당해아는 이해할 수 없다는 듯한 표정으로 지면을 살폈다.

분명 칼과 창, 암기들이 오가고 그 와중에 건물이 무너졌다.

땅이 패이고 긁힌 자국들로 봐서는 꽤 격렬한 전투가 벌어졌던 듯싶다.

이 정도의 지형 변화가 있었을 정도면 분명 뭐라도 흔적이 남아 있어야 하는데, 실로 귀신이 곡할 노릇이었다.

"청음초는 무얼 했느냐!?"

당해아가 묻자 옆에 있던 당나와 당타가 고개를 푹 숙였다.

"그게, 어제 그 시각에만 하필 근무자들이 없었다고 합니다."

"뭐라? 초소가 비어 있었다고? 어찌 그럴 수가 있느냐? 초소란 무릇 잠시도 빌 때가 없어야 하는 법이거늘."

"근무 교대 시간이 많이 어긋나는 바람에 초과근무를 선전번초들이 먼저 복귀했고 다음번 초 근무자들이 다소 늦게 투입되었답니다. 그 과정에서 약 한 시진 정도 초소가 비어 있었다고……."

"그게 말이 된다고 생각하나!?"

당해아는 어처구니가 없어 말도 제대로 하지 못할 지경이었다.

하지만 그와는 별개로, 그의 비상한 두뇌는 이미 상황 판단을 마쳐놓았다.

"빌어먹을. 이는 필시 외부 세력이 개입한 결과일 것이다. 어젯밤 야간 근무 명단을 짠 놈들을 싹 다 잡아다 족쳐라. 뒤주 속에 가둬 놓고 소금만 먹이다 보면 불겠지."

"존명!"

당해아가 내린 명령에 부하들이 일사불란하게 움직인다.

그때.

"……!"

당해아는 자신을 빤히 바라보는 시선 하나를 마주했다.

당삼랑. 가출했다가 돌아온 셋째 동생이 이쪽을 물끄러미 바라보고 있었다.

당해아가 입꼬리를 삐뚜름하게 말아 올렸다.

"잘 잤나? 어제 '경호'를 거절했다고 들었는데."

"그럭저럭 잤다. 그리고 '경호'가 아니라 '감시'라고 하던데."

"너무 튀지 말라고 했을 텐데?"

"튄 것은 청음초의 초병들이고."

"……."

"이거 무서워서 어디 잠은 자겠나?"

당해아의 표정이 구겨지는 것을 본 당삼랑은 태연한 표정으로 고개를 돌렸고, 이내 다른 곳으로 걸어가 버렸다.

"……."

당해아는 멀어지고 있는 당삼랑의 뒷모습을 바라보았다.

'분명 어젯밤 습격이 있었던 것 같은데 저리 태연한 모습이라니. 이것은 필시 뭔가가 있다.'

당삼랑이 무슨 목적을 품고 가문으로 돌아왔는지는 제쳐 두더라도, 대체 그가 어떤 방식으로 당문칠협을 비롯한 당해아의 측근을 떡이 되도록 두들겨 팰 수 있었는지가 의문이다.

어제 이 장소에 있었던 정체불명의 습격자들과 무슨 짓을 했는지는 더더욱 의문이었고.

'당최 무슨 바람이 불어오는 것인지를 모르겠군.'

본디 가문 내에는 당가와 당가를 위협하는 정체불명의 외부 세력이 보이지 않는 힘겨루기를 하고 있었다.

하지만.

어느 날 갑자기 날아 들어온 당삼랑은 이 두 바람 중 어떤 결에 속하는 것인지 알 수 없는 새로운 흐름이었다.

'조금 더 두고 봐야겠군. 저놈이 독이 될지 약이 될지……'

독의 반대편은 약, 약의 반대편은 독이다.

현실에서도 그 둘은 종잇장 한 장 사이의 간극을 두고 마주 서 있다.

'천기단을 보수하는 날이 머지않았다. 곧 등천학관으로 파견을 나가게 될 테니 그 전에 모든 것을 밝혀낼 것이다.'

당해아는 두 주먹을 꽉 말아쥔 채 생각했다.

모든 것은 가문을 위해, 그리고 '대업(大業)'을 위해서였다.

호위무사 선발대회

추이는 새로운 숙소를 배정받았다.

예전과 달리 있을 것은 다 있는 방.

추이는 침상 위에 앉아 가부좌를 틀고 있었다.

"……."

내공을 일으키자 전신의 혈관들이 꿈틀꿈틀 움직이는 것 하나하나가 다 느껴졌다.

눈을 떠서 손가락을 내려다보자 살점이 투명해졌고 뼈가 하얗게 보인다.

그 주위로 수백, 수천, 수만, 수억 마리의 실지렁이들처럼 꿈틀거리는 혈맥(血脈).

그것들은 절대로 빠져나올 수 없는 미로처럼 추이의 전신 곳곳으로 뻗어 나가 있었다.

그리고 그 미로에 갇혀 헤매는 것은 수없이 많은 창귀들이었다.

뇌옥(牢獄) 이후에는 미궁(迷宮)의 지옥.

창귀들이 안식을 취할 수 있는 곳은 없다.

그것들은 나선형의 뇌옥 저 아래에 갇혀서 억눌려 있다가 이렇게 한 번씩 미궁으로 분출되어 나온다.

그리고 추이의 기경팔맥 전체를 돌아다니며 자신의 울화, 증오, 분노 등등의 음차원의 감정을 마음껏 발산한다.

그것이 다 고스란히 추이의 내공으로 치환되는 것이다.

'……'

추이는 새로 들어온 창귀들을 복속시킨 뒤 부려 보았다.

오독교인의 창귀들.

그것들은 전부 사천당가 내부의 사람들이었다.

당슬비, 당우승, 당준영, 당현세, 당경태, 당현정, 당지윤, 당준경, 당혁재, 당규준, 당훈지, 당한승, 당동현…….

추이가 오독교에 대해 알아보자고 결심한 이래.

[오독교는 운남성에서 나는 다섯 개의 맹독을 기반으로 만든 무공을……]

[교주께서는 우물 밑 벽에 새겨져 있던 고대 사천당가의 실전된 고대 무공을 우연히 발견하여……]

[오독교주님의 정체와 목적은 바로……]

오독교인들의 창귀는 자기들이 아는 모든 정보들을 줄줄 줄 토해 놓고 있었다.

그 양이 너무 방대할 뿐만 아니라 거의 대부분은 추이가 이미 알고 있는 내용들이었다.

'이제 그만 알아보자.'

추이는 운기조식을 마치고 창귀들을 모두 뇌옥으로 몰아 넣었다.

아주 간혹, 덜 조련된 창귀들이 꾸물거리는 기색을 보이면 추이는 심상의 세계에 자라난 나무 하나를 꺾어 들고 그것을 몽둥이처럼 가차 없이 휘둘렀다.

…퍽! …퍽! …퍽! …퍽!

짐승들이란 으레 맞다 보면 다 말을 듣게 되어 있다.

이제 인간이 아니라 망령이 되어 버린 그들은 추이의 몽둥이를 피해 덜덜 떨며 뇌옥 구석으로 기어들어갔다.

츠츠츠츠츠츠츠츠츠츠츠……

이윽고, 운기조식을 완전히 끝낸 추이의 머리 뒤편으로 시뻘건 연꽃이 피어났다.

모양은 부처가 눈을 반개할 때 머리 뒤쪽으로 떠오르는 광륜(光輪)을 연상케 했으나, 그 색깔이 너무나도 섬뜩한 핏빛이어서 이질감이 느껴졌다.

'결과적으로는 혈교의 마공이니 당연한 일.'

추이는 자신이 익힌 창귀칭의 근원이 어디일지를 생각했

다.

홍공은 어디에서 이 무공을 창안했을까?

언뜻 기억나기로, 그는 머나먼 해동(海東)에서 이 무공의 초안을 잡았다고 했었다.

그것은 나락노야와도 얼추 비슷한 행보였다.

해동. 그곳은 어떤 곳일까?

'출탁록기(出涿鹿記), 등장백산(登長白山), 해동귀환(海東歸還).'

꿈속 부족민들이 몸을 흔들며 부르던 노래에도 그 장소가 언급되지 않았던가.

추이가 이런저런 생각에 잠겨 있을 바로 그때.

저벅―

어제보다 더 예리해진 추이의 기감에 새로운 기척 하나가 감지되었다.

깃털이 바닥에 떨어질 때 날 법한 작은 소리.

저벅― 저벅― 저벅― 저벅―

발자국 소리는 저번처럼 문 앞에서 끊겼다.

추이는 품에 둘러 감은 매화귀창을 꺼내 조립할까 잠시 고민했다.

이윽고, 문 너머에서 목소리가 들려왔다.

"안에 있니?"

당예짐. 어제 당문칠협의 개입으로 인해 억지로 끌려 나가 다시피 했던 누이였다.

그녀는 씻지도 못하고 온 듯 머리카락이 엉망이었다.

다만 분기 없는 얼굴은 여전히 아름다웠고 눈빛에서는 걱정 어린 빛이 느껴지고 있었다.

당예짐은 딱딱하게 굳은 표정으로 말했다.

"어제 일 들었어."

"……"

"청음초에 보초들도 없었다면서."

"……"

추이가 말이 없자 당예짐은 답답하다는 듯 외쳤다.

"너 대체 뭐야!? 무슨 일이 있었던 거냐고!"

그녀는 버럭 소리쳤다.

하지만 추이는 여전히 대답하지 않았다.

"……후우. 계속 그렇게 말 안 할 거니?"

"무슨 대답이 듣고 싶나?"

"어제 있었던 일. 나는 알아야겠어."

당예짐의 말에 추이는 고개를 끄덕였다.

"자객들이 왔고. 죽였다."

"……자객?"

당예짐의 낯빛이 파랗게 질렸다.

"가문 내부에 자객들이 돌아다닌다고? 천하의 그 누가 그럴 수 있다는 거야? 어찌 감히……."

"가문 내부 사람들이었다."

"……!"

당예짐의 낯빛은 이제 하얗게 질려 가고 있었다.

추이는 계속해서 입을 열었다.

"대화를 할 의향도 있었는데. 말이 잘 안 통하더군."

"대화? 아니 자객들이랑 무슨 대화를……."

"나는 가문에 별 뜻이 없다. 목숨을 살려 준다면 아는 것
을 다 말하겠다. 그런데 그들은 말을 듣지 않았지."

"어떤 새끼들인지 들었어?"

"자세히는 못 들었다. 그저 사용한 무공들을 보며 짐작할
뿐."

"……."

추이의 말을 들은 당예짐은 손으로 이마를 짚은 채 고개를
절레절레 저었다.

"대체 무슨 일이 있었던 거야, 너. 자객들이 왔는데 어떻
게 그리 태연할 수가 있어? 예전의 너는 이렇지 않았었는
데……."

다소 슬픈 기색의 당예짐.

하지만 추이는 태연했다.

"남자는 삼 일만 보지 못해도 괄목상대라 하지."

"그렇기는 한데…… 너는 마치 다른 사람이 되어 온 것 같

아. 옛날의 모습이 아예 없는 것 같아."

"뽕나무밭이 푸른 바다로 변한다고 해서 자리가 바뀐 것은 아니다. 자리가 그대로라고 해서 뽕나무밭이 언제까지고 뽕나무 밭인 것도 아니지. 모든 것은 변하며, 모든 것은 그대로이다. 바라보기 나름일 뿐이야."

추이의 말에 당예짐이 무슨 소리냐는 듯 고개를 갸웃한다.

뭐 아무튼. 당예짐은 이곳에서 유일하게 당삼랑을 걱정하는 혈육이다.

당삼랑의 창귀 역시도 그렇게 기억하고 있었다.

이윽고. 그녀는 추이의 손을 잡고는 입을 열었다.

"길게 말 안 할게. 여기를 떠나."

"……."

"너는 가문 내에 있으면 안 돼. 여기는 지금 미친 자들이 눈을 가린 채 칼춤을 추고 있는 한복판이야. 부디 어디로든 도망가. 장강(長江)이든 귀곡(鬼谷)이든, 어디든."

당예짐의 눈에는 눈물마저 고여 있었다.

하지만 추이는 단호했다.

"아직 이곳에서 할 일이 남았다."

"……."

"분명 어디엔가 내가 할 수 있는 일이 있을 거야."

이윽고, 추이가 눈을 빛냈다.

"그래서 말인데, 부탁이 하나 있다."

"부탁?"

당예짐이 눈을 동그랗게 떴다.

추이는 은근한 어조로 말을 이었다.

"나를 파견단으로 뽑아라."

"……!"

당예짐이 놀란 표정을 지었다.

등천학관으로 가는 파견단.

사천당가에서는 사 년에 한 번씩 등천학관에 보관되어 있는 천기단을 유지, 보수 및 관리하기 위해 파견을 떠난다.

이 파견대에는 보통 가주를 비롯, 사천당가 내부에서 가장 뛰어난 기술자들이 동행하게 된다.

가주와 동행하는 이들은 총 세 가지 부류였다.

연단술에 일가견이 있는 고수들, 그들의 솜씨를 견식하기 위해 따라오는 후기지수들, 그리고 혹시 모를 불상사에 대비하기 위한 경호 인력들.

당예짐은 고심했다.

"……."

만약 동생이 파견단에 속하게 된다면 어찌 되었든 간에 가문 밖으로 나가는 것이다.

그녀가 생각하기에는 그 편이 차라리 나을 것 같기도 했다.

문제는…….

"이번 등천학관 파견단에는 아버님 대신 첫째 오라버니가 가신대. 알지?"

"몰랐다."

추이는 고개를 저었다.

보통 천기단에 관련된 업무는 가주가 전담하는 것이 관례였다.

특별히 규칙이 있어서는 아니고, 사천당가에서는 신의 당무상의 연단술 실력이 가장 뛰어났기 때문이다.

하지만 이번에는 특별히 가주인 당무상이 아니라 소가주인 당해아가 파견단의 수장이 된다.

당무상이 모종의 이유로 가문 내에 잔류하겠다고 밝혔기 때문이다.

"이번에는 아버님이 아니라 오라버니가 가시기로 했대. 그래서인지 파견단의 선발 기준이 무지무지 엄해. 아마 역대급으로 기대치가 높을 거야. 가주가 아니라 소가주가 파견 가면 무시당할 수도 있으니 유독 더 화려하게 포진하려는 것이겠지."

"파견단에 속하려면 어떤 기준을 만족해야 하지?"

"으음……."

당예짐은 눈을 감고 고심했다.

당삼랑의 현재 위치는 애매하다.

연단술에 대한 실력은 안 봐도 뻔하고, 그렇다고 가문에서

밀어주는 후기지수라고 하기에는 이미 추골육식의 과정을
밟아 버렸다.

　비록 수골육식의 과정을 통해 다시 당씨 성을 받기는 했으
나 소속은 이미 내당에서 외당으로 옮겨진 뒤였다.

　그렇다면 남은 길은 하나뿐.

　"가문 내 무예대회에 출전해서 무력을 입증하고 경호 인력
으로 차출되는 거야."

　"그것은 쉽겠군."

　"쉽지 않아."

　"왜지?"

　추이가 의문을 표했다.

　당예짐은 짧고 간결한 대답으로 추이의 의문을 불식시켰
다.

　"무예대회가 저번에 다 끝났거든."

　"아."

　추이는 고개를 끄덕였다.

　맨 처음 정문의 문지기들에게 얼차려를 주었을 때 듣기는
했다.

　집안 내에서 식솔들끼리 치른 무예대회가 있었고 그 와중
에 당무상의 둘째인 당소군이 첫째인 당해아에게 살해당하
지 않았던가.

　아무리 비무 도중에 벌어진 사고라 하지만…… 주변에서

는 당해아의 손속이 고의, 정적 제거를 위한 것이었다고 평가하고 있었다.

"그렇다면 방법이 없나?"

"……."

추이가 묻자 당예짐은 고심했다.

이윽고, 그녀는 장고 끝에 한 가지 수를 내놓았다.

"나는 이번에 천기단 유지 보수를 보고 배울 후기지수로 뽑혀서 가게 되었어."

"……."

"그리고 나에게는 나의 경호 인력들을 차출할 권리가 있지."

추이는 고개를 끄덕였다.

이는 꽤 구미가 당기는 일이다.

당예짐은 말했다.

"만약 삼랑, 네가 나를 경호한다는 이유로 파견단에 끼고 싶다고 하면 고려해 볼 수는 있어. 다만……."

"다만?"

추이가 묻자 당예짐은 머뭇거리며 말을 이었다.

"내가 추천은 해 줄 수 있으나 선발 결정 자체는 원로원에서 할 거야. 원로원은 네가 객관적인 증거를 제시하지 못한다면 어지간해서는 인가를 안 내 줄 거고."

"증거라 하면 무엇이 필요한가."

"간단해. 무예대회에서 내 경호 인원으로 뽑힌 이들을 꺾고 실력을 입증해 보이면 돼."

말하자면, 추이만을 위한 작은 무예대회를 따로 열어 주겠다는 뜻이다.

추이는 다시 한번 확인했다.

"내가 그 호위무사들을 이기면 된다는 건가?"

"맞아. 어려울 거야. 무예대회에서 훌륭한 성적을 거둔 애들이고, 또 워낙 평소에 나를 잘 따르는 녀석들이라……."

당예짐은 가문 내에서 아랫사람들에게 인기가 많다.

단지 아름답고 심성이 착해서라는 이유만은 아니다.

전에도 말했듯, 당가 내부에서는 사촌 간의 혼인이 장려되는 분위기였으니까.

추종자.

당예짐의 호위 세력들은 그녀를 거의 떠받들듯 하고 있었다.

어쩌면 가주보다도 당예짐의 명령을 더 우선시할지도 모르는 이들이었다.

그들 중 최소 하나 이상을 꺾어야 파견단에 들어갈 자리가 생긴다.

말하자면 '의자 뺏기' 놀이 같은 것이다.

당예짐은 손으로 이마를 짚었다.

"나를 호위하는 것을 그토록 원하던 친구들이라서…… 으음, 아무리 생각해도 자발적으로 양보할 것 같지는 않은데."

"상관없다. 힘으로 빼앗으면 되니."

"그러니까. 그게 힘들 것 같아서 그래. 걔네들은 당가 외당의 최정예들이야. 동년배들 중에서는 거의 적수가 없어. 심지어 걔네는 등천학관에 있었을 때도 나보다 성적이 좋았는걸? 걔네랑 붙어서 이기는 것을 생각하느니 차라리 연단술 고수들의 조수 자리를 알아보는 편이 더 가능성 있을지도⋯⋯."

당예짐이 이런 말을 할 정도면 정말 뛰어난 후기지수들인 모양이다.

하지만.

"쓸데없는 걱정 말고, 자리만 만들어라."

추이는 여전히 태연한 표정이었다.

"⋯⋯?"

당최 무슨 자신감으로 저러는 걸까.

그를 바라보는 당예짐만 고개를 갸웃할 따름이다.

⁂

연무장.

차가운 바람이 불어오는 황무지 위에 다섯 명의 남녀가 서 있는 것이 보인다.

네 명의 남자와 한 명의 여자.

그들의 앞에는 당예짐이 서 있었다.

"소개할게. 내 호위무사들이야."

당예짐은 고개를 뒤로 돌렸다.

그곳에는 당삼랑의 얼굴을 덮어쓰고 있는 추이가 서 있었다.

"……."

추이는 눈앞에 있는 다섯 남녀를 가만히 쳐다보았다.

보는 것만으로도 알 수 있다.

이들은 상당히 고강한 무공을 가지고 있는 위사들이다.

예전에 등천학관에서 만났던 매화검수 백비에 비하면 내공은 조금 뒤처지는 듯하나, 사실 당가 무인들의 무서운 점은 내공에 있는 것이 아니다.

아마도 절정의 경지에 닿아 있을 암기술, 그리고 내공만큼이나 심후할 독기.

'당가의 무인들은 능히 동급의 무인 셋을 죽일 수 있다'는 말은 결코 허언이 아니다.

이렇듯 그들은 무서운 실력을 가진 기술자들이고, 그 실력을 가지고 철저히 당예짐만을 호위하는 존재들이었다.

추이는 생각했다.

'눈빛들이 하나같이 맛이 가 있군. 저 정도면 어제 죽인 오독교의 광신도들이랑도 별반 차이가 없는데?'

당예짐의 명령을 가주 다음으로, 아니 어쩌면 가주의 명령보다도 더욱이 우선시하는 집단.

그러니 그들이 짐오아(鴆五牙), '당예짐의 다섯 송곳니'라고 불리는 것도 썩 유치한 일만은 아닐 것이다.

당예짐이 싸늘한 목소리로 말했다.

"모두가 알다시피, 우리 가문은 독과 암기를 다루다 보니 집안 내 정치 싸움에서도 암투가 빈번하게 이루어지지. 식솔들 간의 독살이나 암살은 너무 흔해서 이야깃거리도 못 돼."

"……"

추이는 잠자코 당예짐의 말을 들었다.

그녀는 사석에서 보여 주던 싱그럽고 따듯하던 표정을 싹 거둔 채 지독시리도 냉정한 어투로 말을 이어 나갔다.

"그래서 친위대, 혹은 호위대의 역할은 정말로 중요해. 우선 믿을 수 있는 사람이어야 하고, 또 여차했을 때 등 뒤를 맡길 수 있을 정도로 강해야 하지. 여기 있는 다섯은 지금껏 철저하게 자신을 증명해 왔던 사람들이야."

당예짐은 눈앞에 있는 다섯 송곳니들을 바라보았다.

그리고 다시 한번 추이를 향해 고개를 돌렸다.

"삼랑. 오랜 시간 가문 밖에 있었던 네가 가치를 증명하기 위해서는, 적어도 이들 중 한 명을 실력으로 꺾을 수 있어야 해."

"이해했다."

추이는 고개를 끄덕였다.

바라던 바였다.

실력으로 증명하는 것이 이 세상에서 제일 쉽다.

한편.

"……."

"……."

"……."

"……."

"……."

눈앞에 있는 짐오아들의 표정은 썩 좋지가 않다.

애써 표정 관리를 하고 있었지만 그들의 시선에서는 노골적인 경계와 경멸의 빛이 느껴지고 있었다.

그들은 아주 오래 전부터 당예짐을 섬겨 왔던 이들이었다.

충성심은 말할 것도 없고 무력이나 기강, 두뇌 등등 뭐 하나 빠지는 것이 없는 무인들.

그래서 당무상의 친위대나 당해아의 친위대 쪽에서도 많은 영입 제안을 받았으나, 오직 충성심 하나로 그것들을 모두 거절한 채 남아 있는 것이기도 하다.

그러니 굴러온 돌이 박힌 돌을 빼내려 하는 작금의 현실이 마음에 들 리가 없는 것이다.

더군다나.

"……."

"······."

"······."

"······."

추이를 죽일 듯 노려보고 있는 네 명의 남자들은 조금 다른 이유를 품고 있기도 했다.

그들은 모두 내당의 말석인 방계 출신이거나 아예 외당 출신이다.

신분제도상 비록 얼자이기는 하나 가주의 직계인 당삼랑에게 고개를 숙이는 것이 맞지만, 그들은 그렇게 하지 않았다.

단순히 당삼랑의 소속이 내당에서 외당으로 변한 것이 문제가 아니라, 그들이 당삼랑을 연적(戀敵)으로 여기고 있었기 때문이다.

추이는 속으로 혀를 찼다.

'······여기 있는 사내놈들은 모두 당예짐을 연모하는 놈들인가.'

지역마다 법도와 윤리가 다르나, 사천 지방에서는 특히나 사촌 간의 혼인이 빈번한 편이다.

그중에서도 사천당가는 더더욱 사촌끼리의 혼인을 장려하는 분위기였다.

암기술이나 용독술을 비롯한 비전절기들이 가문 밖으로 유출되지 않도록, 그들은 이처럼 폐쇄적인 혼인 구조를 갖추고 있었다.

그러니 짐오아를 구성하고 있는 남자 넷이 충성심 이상의 감정을 당예짐에게 품고 있는 것은 썩 이상한 일이 아니리라.

이윽고, 당예짐이 말했다.

"이미 무예대회는 끝났고, 파견단에 소속되어 나를 호위할 이들은 최종적으로 여기 다섯으로 정해졌어. 이런 분위기에서 갑자기 다른 사람을 고려하는 것도 이상하지. 그것도 원래 있던 사람을 제하고 말이야. 불만이 있는 것도 이해해."

당예짐의 시선은 자신들의 호위무사들을 향한다.

"그러나. 호위무사들은 납득이 되는 상황 속에서만 일하는 것이 아니야. 상황이 불합리하게 바뀌었으면 불평하기보다는 그에 맞는 적응력을 보여야 해."

그녀의 냉정한 말에 호위무사들은 한 치의 의구심도 보이지 않는다.

"나를 호위하는 것은 너희들의 '임무'이지 '자격'이나 '명예'가 아니야. 상황이 불합리하다고 느껴진다면 실력으로 그것을 통해서 그것을 합리적으로 바꾸어 봐. 그리고 자신이 어떠한 변수들에도 불구하고 맡은 임무를 수행할 수 있다는 사실을 내게 증명해 주었으면 해. 그렇다면 당연히 그만한 보상이 주어질 것이고, 우리들의 신뢰는 더더욱 두터워지겠지."

당예짐은 여덟 살의 나이 때부터 자신만의 정보 조직과 친위대를 만들어 운용했을 정도로 용인술에 재능이 있는 여자였다.

그녀의 말대로 다섯 호위무사는 이미 불만스럽다는 눈빛을 거두었다.

그러고는 새롭게 주어진 증명의 기회에 감사하는 마음으로 추이를 바라본다.

"……."

"……."

"……."

"……."

"……."

자신을 향한 시선이 아니꼬움에서 탐욕으로 바뀌는 것을 본 추이는 천천히 고개를 끄덕였다.

'언변 하나는 교주급이로군.'

과연, 당예짐은 지금껏 사천당가에서 꽃으로 살아남은 것이 아니었다.

그녀 역시도 독니를 품고 있는 잠룡(潛龍)이었던 것이다.

반듯한 청석들이 깔려 있는 연무장 한복판.

이윽고, 연무장 중앙에 두 명의 무인이 마주 보고 섰다.

왼쪽에는 추이가, 오른쪽에는 짐오아의 말석에 있는 당미
호가 섰다.

당미호(唐尾狐).

그녀는 길쭉길쭉하고 호리호리한 체형에 다소 품이 넓은
상복을 입었다.

길게 찢어진 눈꼬리와 풍성한 속눈썹, 그리고 당가 사람답
지 않게 까무잡잡한 피부.

이목구비는 마치 도도한 고양이가 연상되는 배열이었고
그래서 꽤나 귀티가 나 보였다.

당미호는 저 옆에 있는 당예짐을 흘끗 바라보며 생각했다.

'……감옥에 있던 나를 구원해 주신 분. 저분을 위해서라
면 나는 무엇이든지 할 수 있어.'

본래 당가 내부에 있던 감옥에서 태어난 그녀이다.

수감되어 있던 임산부 죄수가 죽으면서 낳은 아이.

언제 죽어도 이상하지 않았던 생명.

단지 간수들이 흥미 삼아, 길거리 개나 고양이에게 밥을
주듯 키웠던 어린 짐승.

그 뒤로 감옥 내부를 청소하면서 밥을 빌어먹고 살던 그녀
를 거둬 준 사람이 바로 당예짐이었다.

당시 아직 어린 나이였던 당예짐은 자신보다 열 살은 많은
그녀에게 '미호(尾狐)'라는 이름을 지어 주었다.

'여우 꼬리'라는 뜻이 담긴 이름.

이후 당예짐은 미호를 외당의 학술원으로 보내 글을 가르치고, 무공을 가르치고, 독과 암기를 가르쳤다.

본디 감옥에서 태어나 감옥에서 생을 마감했어야 할 운명이 크게 뒤바뀌었다.

……그녀는 남들이 훈련할 때 훈련했다.

……그녀는 남들이 밥 먹을 때 훈련했다.

……그녀는 남들이 놀러 나갈 때 훈련했다.

……그녀는 남들이 잠자리에 들 때 훈련했다.

그 옛날 전국시대의 오기(吳起)가 이러했을까?

타고난 오성과 집요한 성격을 가진 당미호는 생에 처음이자 마지막일지 모르는 기회를 꽉 붙들고 악착같이 늘어졌다.

완벽하게 암기했을 때마다 책장을 한 장씩 뜯어 먹던 그녀는 어느덧 서고에 있는 책 대부분을 배 속에 넣었다.

매일 매일 수만 번씩 휘둘렀던 목검은 손잡이 부분이 닳아서 가늘어진 끝에 부려져 버렸고, 그녀가 항상 내딛던 연무장은 족적들로 인해 닳아서 고도가 다른 지형보다 반 뼘은 더 낮았다.

……그렇게 십수 년 뒤.

당미호는 외당의 고수로 당당하게 설 수 있었고 자연스럽게 당예짐을 하늘처럼 모시며 살아왔다.

뛰라고 하면 뛰었고 날라고 하면 날았다.

벗으라고 하면 벗었고 입으라고 하면 입었다.

지시했던 바는 피를 토하는 한이 있더라도 이루어 냈고 때로는 지시하지 않았던 일들도 골육을 깎아 가면서 처리해 놓았다.

개보다도 더욱 개 같았고, 말보다도 더욱 말 같았다.

아무리 피를 토하고 오장육부가 상해도, 당미호는 당예짐의 칭찬 한마디, 미소 한 번에 그 모든 것을 치유받고 보상받았다.

그리고 지금껏 늘 그래 왔듯이, 그녀는 이번 등천학관으로 가는 파견단에서도 목숨 걸고 당예짐의 곁을 지킬 생각이었다.

그녀의 가장 가까운 곁에서.

가장 충직한 심복으로서 말이다.

……그런데.

'저 밥맛없는 놈이 그걸 방해하려 한다 이거지?'

당미호는 찢어진 눈을 부릅뜬 채 눈앞에 있는 얼뜨기 놈을 바라보았다.

당삼랑.

가주가 외도로 낳은 얼자, 사생아.

매춘부의 자식.

그리고 감히 자신의 태양을 넘보려 드는 저열한 수컷.

'감히 넘볼 곳을 넘봐야지. 더러운 열등종자가.'

당미호는 이를 뿌득 갈았다.

자신의 주군 당예짐은 이 세상에서 가장 고귀하고, 아름다우며, 용맹하고, 지혜롭고, 강하고, 굳건한 여인이다.

그런 그녀의 짝이 될 남자는 마땅히 그런 자격을 갖추고 있어야 한다.

'황제의 적장자가 와도 시원찮을 판에…… 가문에서 쫓겨났다가 비실비실 기어들어온 폐급 망나니가 감히, 감히 어떻게…….'

당예짐의 일등 시녀를 자처하는 당미호로서는 눈이 뒤집어질 일이었다.

게다가 더더욱 분통이 터지는 것은, 당예짐이 당삼랑에게 어느 정도 관심을 보이고 있다는 것이다.

당예짐은 오래전부터 당삼랑에게 관심이 많았으며 간혹 자신들에게는 절대 보여 주지 않는 따뜻한 시선을 보내곤 했다.

그때마다 그녀는 생각했다.

왜 저런 비루먹은 개에게 그토록 애정과 관심을 주는 것인지.

비록 친위대의 신분인지라 감히 주군의 행동에 토를 달 수는 없었지만, 그것은 오랜 세월에 걸쳐 그녀의 불만이 되었다.

그랬던 당삼랑이 어느 순간부터인가 사라졌을 때에는 내

심 앓던 이가 빠진 것처럼 시원했지만, 이제 와서 그 빌어먹을 낯짝을 다시 보게 되니 어제 저녁에 먹었던 밥알들이 전부 다 세로로 곤두서는 느낌이었다.

더군다나 당예짐이 직접, 친히, 손수 당삼랑을 데리고 와 친위대 대열에 끼워 주려는 듯한 행동을 취하고 있으니 그녀의 마음속이 더더욱 바짝 타들어가는 것은 당연지사였다.

'안 되겠어. 무예대회에서도 안 꺼냈던 비기들을 써야 할 때야.'

그녀는 한시라도 빨리 당예짐의 곁에서 당삼랑을 떼어 놓을 생각이었다.

'……이번 기회에 반쯤 죽여 놓는다.'

비무에서 다소 불행한 사고가 벌어지는 한이 있더라도 말이다.

당미호.

그녀는 펑퍼짐한 상복 자락을 휘날리며 연무장 중앙에 섰다.

추이는 그 앞에 맨몸으로 서 있었다.

상복 대신 당가의 외당 무사들에게 주어지는 검록색 피풍의를 입은 채였다.

"비무 시작을 알리는 신호는 따로 안 할게."

당예짐은 옅은 미소와 함께 뒤로 빠졌다.

"그러니까 그냥 실전이라고 생각하고 해. 뒤 책임은 내가 질 테니까."

그녀가 전투 범위에서 벗어나는 즉시, 당미호가 양손의 소맷자락을 털었다.

…퍼퍼퍼퍼퍼퍼퍼퍼펑!

구환살(九幻殺).

사천당가 암기술의 정점에 있는 무공.

이 세상에 존재하는 모든 암기술은 다 이 구환살의 변형에 불과하다는 말이 있을 정도로 기본에 충실한 무공이다.

아홉 개의 뼘창이 당미호의 소맷자락을 뚫고 튀어나와 추이의 전신을 노렸다.

"……."

추이는 몸을 옆으로 틀어 뼘창들을 피해 냈다.

하지만 당미호는 추이가 몸을 움직일 시간을 주지 않고 계속해서 암기들을 날려 보낸다.

천녀산화(天女散花), 구독갈미(九毒蝎尾), 추혼비접(追魂飛蝶), 추혼연미표(追魂燕尾), 배심정(背心釘), 연환십이참(連環十二斬)…….

구환살을 변형시킨 수많은 무공들이 각기 다른 형태로 추이의 숨통을 조여 오고 있었다.

하지만.

…쿠르르륵!

추이는 손바닥에 휘감은 강기로 암기들을 쳐 냈다.

그러나 당미호는 자신의 암기들이 모두 빗나감에도 당황하지 않았다.

"제법 한 수가 있구나. 하지만……!"

사천당가의 암기술은 단지 쇠붙이를 다루는 것에만 국한되지 않는다.

…후욱!

당미호는 숨을 크게 들이켜고는 볼을 부풀렸다.

우득—

이빨을 파내고 그 안에 채워 놓았던 독단이 깨물어지며, 그것이 침과 뒤섞여 엄청난 양의 붉은 연기를 뿜어낸다.

푸화아아악!

독단 귀왕령(鬼王令).

그것은 아주 약간의 침에만 닿아도 자욱한 연기가 되고, 그 연기는 공기에 닿았을 때 비로소 극독으로 변한다.

공기에 닿아 독무로 변한 귀왕령은 눈알의 표면이나 콧속, 입안 등 점막으로 된 부분들을 녹여 버리기에 피하는 것이 불가능하다.

한 모금이라도 들이마시게 되면 전신이 뻣뻣하게 마비되며 환청, 환각에 시달리게 되는 것이다.

휘이익— 퍼엉!

추이는 손을 휘저어 바람을 일으켰고 자욱하게 낀 독무들을 연무장 한쪽 구석으로 싹 치워 버렸다.

하지만 당미호가 펼친 귀왕령은 단지 눈속임에 불과했다.

그 뒤는 독무를 뚫고 날아드는 수많은 모래알들이었다.

단혼사(斷魂沙).

극도로 정제해 낸 독정(毒精)을 빻아서 가루로 만든 뒤 철
가루와 섞은 것이다.

촤촤촤촤촤촤촥!

무겁고 까끌까끌한 검은 모래알들이 독무와 뒤섞인 채 사
방팔방으로 흩뿌려진다.

제아무리 온갖 독에 면역이 있는 당가인이라고 해도 한 번
뒤집어쓰면 삼 일 밤낮은 끙끙 앓을 정도의 양이었다.

바로 그 순간.

퍼—엉!

독무와 모래먼지를 뚫고 추이의 모습이 드러났다.

"!?"

당미호는 기겁을 하며 뒤로 물러났다.

분명 치명적인 독안개와 독가루를 뿌렸는데 어찌 저것을
정면으로 받아 냈다는 말인가?

오기? 근성? 아니다. 저 독은 그런 것들로는 이겨 낼 수
없는 종류의 것이다.

'그렇다는 것은…… 저놈이 이미 귀왕령과 단혼사에 내성
이 있다는 뜻인데, 그게 가능하다고?'

당미호는 입술을 깨물었다.

초반부터 아주 혼쭐을 내 주려고 했는데 오히려 저놈의 비범함을 드러내게 만들어 버렸다.

본의 아니게 놈을 주인공으로 띄워 주는 무대를 만든 것 같아 당미호의 심기는 매우 불편했다.

…차라라라락! 척!

당미호는 암기와 독이 다 떨어지는 즉시 허리춤에 감아 놓았던 채찍을 꺼내 들었다.

사실 그녀가 진정코 자신 있는 분야는 바로 채찍을 이용한 공방일체의 접근전이었다.

달인(達人).

채찍을 든 당미호는 당가의 무인들 사이에서도 달인이라는 호칭으로 불린다.

그리고 그녀는 지나치게 많은 관심을 받을 경우 다른 인물의 호위 역으로 뽑혀 갈까 봐 무예대회에서도 선보이지 않았던 채찍술을 여과 없이 펼쳐 보이려 하고 있었다.

"핫!"

당미호의 힘찬 기합과 함께 채찍이 소용돌이를 그린다.

키리리리리리리릭!

절정에 이른 독풍만리편법(毒風萬里鞭法)이 펼쳐졌다.

채찍이 만들어 내는 녹색의 나선은 청석으로 된 바닥을 종잇장처럼 찢어발기며 휘몰아쳤다.

만 리도 넘게 불어 갈 독의 바람이 불어온다.

당미호의 채찍은 표면 전체에 낚싯바늘 같은 미늘들이 다 닥다닥 돋아나 있고 하나같이 맹독에 푹 절여져 있어서 스치기만 해도 살이 찢어지고 뼛속까지 중독된다.

"⋯⋯."

추이는 자신을 휘감아 오는 채찍을 피해 발걸음을 옮겼다.

⋯탁! 퍼억!

채찍이 날아들 때마다 채찍의 몸통 부근을 발로 걷어차는 추이.

당미호는 이내 추이가 무엇을 하려고 하는지 알아냈다.

"⋯⋯!"

추이는 채찍의 몸통과 끝을 걷어차서 매듭을 만들고 있었다.

키리리리릭!

매듭들이 줄줄이 늘어진 채찍은 길이가 짧아질 뿐만 아니라 휘둘러지는 궤도도 이상하게 변한다.

"쳇! 잔머리를⋯⋯!"

당미호는 채찍을 회수했다.

그리고 채찍을 두 겹으로 말아 쥐고는 다시 휘둘렀다.

긴 채찍으로 펼칠 수 있는 무공이 따로 있고 짧은 채찍으로 펼칠 수 있는 무공이 따로 있다.

당미호는 두 가지에 모두 자신 있었다.

부우우우웅!

한층 더 굵고 짧아진 채찍이 휘둘러진다.

이제 그것은 흡사 길쭉한 몽둥이처럼 보였다.

뻐-억!

살벌하게 시전되는 백승연편(百勝軟鞭)이 방금 전까지 추이가 서 있던 땅바닥을 후려갈겼다.

사방팔방으로 흙과 돌조각이 튀며 연무장이 초토화되고 있었다.

부웅!

채찍이 지면과 수평으로 휘둘러지며 자욱한 흙먼지를 일으킨다.

"……."

추이는 고개를 숙여 채찍을 피했다.

동시에, 추이의 발길질이 날아가 당미호의 허리에 꽂혔다.

퍼-억!

묵직하게 들어가는 중단차기.

그 한 방에 당미호의 두 눈이 찢어질 듯 커졌다.

"커헉!?"

그녀는 순간 채찍을 놓쳐 버렸다.

추이는 허공에서 흐늘거리는 채찍을 발로 걷어차 멀리 날려 버렸고 그대로 발뒤꿈치를 움직여 당미호의 어깨를 내리찍었다.

"끄악!"

당미호는 어깨를 움켜잡고는 땅바닥에 주저앉았다.

하지만 그녀는 주저앉으면서도 반격을 잊지 않았다.

…콰쾅!

당미호의 손에서 녹빛 기운이 어른거리며 비서장(飛絮掌)이 시전되었다.

뻐-억!

추이의 가슴팍에 독장이 내리꽂혔다.

그러나, 추이는 별달리 아파하는 기색도 없이 손바닥을 들어 올렸다.

짜-악!

당미호의 뺨이 팩 돌아갔다.

그것이 끝이었다.

당미호는 입에 거품을 물고는 바닥에 쓰러졌고 그대로 팔다리를 바들바들 떨며 기절해 버렸다.

그때.

스윽-

추이가 발을 들어 올렸다.

쓰러진 당미호의 배를 밟으려는 듯한 동작이었다.

그 순간.

피-잉!

손가락 끝에서 뻗어 나온 삼양지(三陽指)가 추이의 뺨을 스치고 지나간다.

고개를 틀어 공격을 피한 추이가 정면을 향해 고개를 들었
다.

그곳에는 짐오아의 한 사내가 추이를 노려보고 있었다.

"쓰러진 상대한테 뭐 하는 짓거리냐?"

"확인사살."

"여자다."

"보면 알아."

추이의 시큰둥한 대답에 삼양지를 쓴 사내는 주먹을 파르
르 떤다.

"가주님의 아들이라고 해서 적당히 할 생각이었는데, 너
는 아무래도 안 되겠다."

그는 씩씩거리며 연무장 위로 올라왔다.

그러고는 당예짐을 향해 물었다.

"아가씨. 제가 이어서 해도 되겠습니까?"

"말했잖아. 실전처럼 하라고."

당예짐은 여전히 냉정한 반응이다.

사내는 추이를 향해 눈을 부릅떴다.

"당나와 당타가 당했다고 하는데, 나는 그 말을 믿지 않는
다. 나의 호적수인 그놈들이 너 같은 얼뜨기에게 당했을 리
가 없잖아."

당청조(唐靑鳥). 그는 추이를 향해 곧바로 당문권(唐門拳)과

비서장(飛絮掌)을 전개했다.

바로 그 순간.

추이는 당청조의 손가락 다섯 개 사이에 자신의 손가락 다섯 개를 넣고 포갰다.

…뚜드득!

그리고 그것을 곧장 뒤집어서 모조리 부러뜨려 버렸다.

"끄어억!?"

당청조가 미처 비명을 지를 새도 없이, 추이는 당청조의 무릎을 발뒤꿈치로 내리찍었고 그대로 슬개골을 부숴 버렸다.

"꺼헉!"

당청조는 무릎을 움켜쥐려 했으나 이미 부러진 손가락들이 추이의 손가락 사이에 단단히 끼워져 있어서 상체를 숙이는 것조차 불가능했다.

"꺼져라."

추이는 그대로 무릎을 들어 올려 당청조의 턱을 부숴 버렸다.

…쿵!

당청조는 눈을 까뒤집고 기절했다.

추이는 이미 기절한 당청조의 옆구리를 발로 걷어찼다.

뻐—억!

당청조의 몸이 새우처럼 꺾인 채 연무장 바깥으로 굴러 떨어졌다.

앞서 덤볐던 당미호보다도 빠른 퇴장이었다.

"……."

"……."

"……."

그러자 짐오아의 남은 셋이 일제히 연무장 위로 올라왔다.

하나같이 추이를 죽일 듯 노려보고 있었다.

그때.

"그만."

당예짐이 세 사내의 앞을 가로막았다.

바닥에 쓰러져 있는 당미호와 당청조를 내려다보는 그녀
의 시선은 싸늘하기 그지없었다.

"당가의 무인들은 기절한 뒤에도 독을 흩뿌리는 일이 있기
에 확인사살이 필수지."

"……."

"그리고 나는 호위무사를 필요로 하는 거지 남자나 여자를
필요로 하는 것이 아니야."

당예짐은 추이를 돌아보았다.

"삼랑. 너는 실력을 충분히 입증했어. 더 이상의 비무는
의미가 없다."

추이는 고개를 끄덕이고는 뒤로 물러났다.

당예짐은 남은 셋을 돌아보며 말했다.

"나는 분명 말했어. 실전처럼 생각하고 하라고. 뒤 책임은 내가 진다고. 이게 실전이었다면 여기 둘은 이미 죽은 목숨일 거야. 그리고 나까지 위험에 빠졌겠지."

짐오아 셋의 고개가 땅을 향해 숙여졌다.

당예짐의 쓴소리는 계속된다.

"약하면 죽는 것이 무림의 이치야. 사건 사고는 남녀나 핏줄을 따져 가며 발생하지 않지."

"……."

"여자를 무자비하게 공격하면 어떡하냐고? 여자이기 이전에 무림인이고, 무림인이기 이전에 호위무사야. 지난 무예대회에서는 그 누구도 미호를 봐주지 않았다. 그럼에도 불구하고 미호는 이곳에 있을 수 있었지, 실력이 있었으니까. 물론이제는 아니겠지만."

그녀는 최종적으로 결정을 내렸다.

"삼랑에게 진 미호와 청조는 이번 파견단에서 제외하겠다."

추이는 그 말을 듣고 생각했다.

파견단의 호위무사들 중 자신의 친위대를 몇이나 꽂아 넣을 수 있느냐에 따라 가문 내의 권력 비중이 드러난다.

기존 당예짐을 호위하던 이들의 수는 다섯.

이는 가문 내에서 당예짐의 영향력이 한미한 수준에 불과하다는 뜻이다.

그리고 지금, 그 다섯 명마저 넷으로 줄었다.

당예짐은 자신의 입지가 좁아지는 한이 있더라도 추이를 기용하겠다는 입장이었다.

어쩌면 그녀 역시도 추이를 믿고 다소 무리수를 감행하는 것일지도 모른다.

불과 여덟 살의 나이에 자신의 친위대를 만들어 운용했을 정도로 용인술에 뛰어난 당예짐의 도박이었다.

찡긋─

추이는 자신을 향해 한쪽 눈을 깜빡여 보이는 당예짐을 보았다.

'……이것으로 한 걸음은 뗐군.'

당예짐의 호위무사로서 파견단에 들어갈 수 있게 되었다.

사천당가에 잠입한 소기의 목적을 달성하였으니 이제는 다시 등천학관으로 돌아갈 일만 남은 것이다.

천기단(天機丹).

육혼의 경지로 도약할 수 있게 만들어 줄 최후의 영약을 훔치기 위하여.

천기단

야심한 밤.

등천학관의 후분에서는 문지기 두 명이 야간 경계 근무를 서고 있다.

이윽고, 후문 너머에서 새로운 목소리 두 개가 들려왔다.

"근무 보안."

"투입."

근무 교대자들이 온 것이다.

전번초 근무자들이 심드렁한 표정으로 입을 열었다.

"정지. 정지. 정지. 손들어. 움직이면 벤다. 비급."

"오늘 암구호 뭐였지? 아, 장보도."

"누구냐."

"마교다."

"신원 확인 완료. 근무 교대. 특이 사항. 아직도 존나 추움."

"고생했다. 얼렁 가서 자라."

"고생하슈~"

근무자들이 교대한다.

새로운 문지기 두 명이 아무도 오지 않는 등천학관의 후문을 지키고 섰다.

야밤의 거리는 텅텅 비었다.

낮의 거리는 그토록 북적거리는데 밤의 거리는 왜 이렇게 한산한 것일까?

마치 모든 사람들이 밤에는 돌아다니지 말자고 일제히 약속이라도 한 것처럼.

문지기 둘은 어둠만이 가득한 공도(空道)를 하염없이 바라보는 것이 지루한 모양이다.

한 문지기가 입을 열었다.

"위사장님?"

"어. 왜."

"무슨 생각을 그리 깊게 하십니까?"

"어? 그냥 멍 때리는 중이었는데. 시간 안 가서."

"곧 휴가 아니십니까?"

"응 그치."

"그때 뭐 하실 겁니까?"

"그냥 뭐. 도회지 나가서 예쁜 꾸냥 있으면 말이나 걸어 보고?"

"그러다가 또 뺨 맞고 싸우시는 것 아닙니까? 저번에도 품위 유지 의무 위반이라고 감봉당하시고 막."

"새꺄! 그건 그년이 진짜 이상한 년이었다니까! 됐다, 말을 말자. 어휴. 그러는 넌? 무슨 생각 하는데?"

"현무후님 생각 중입니다."

"아. 현무후님. 예쁘시지. 기품 넘치시고. 근데 왜?"

"낮에 혼났습니다. 제가 약재 보관소 재고 수량 파악을 잘 못해 가지고 생도들이 쓸 교보재가 모자라게 되어서……."

"아. 그건 좀 억울하겠다. 예전에 약재 보관소에 도둑 든 것 때문에 지금 재고 파악 엉망이잖아. 전 근무자들이 싸 놓은 똥들까지 다 덮어쓴 거 아니냐고."

"그래도 제 잘못인 건 맞습니다. 실제로 제가 실수한 것들도 있어서……."

"어쩌겠어. 잊어버려 그냥. 어차피 현무후님 같은 높으신 분들은 우리들 얼굴 하나하나 기억도 못 해. 내일 뵙게 되면 그냥 큰 소리로 경례 한 번 해. 오늘 실수 같은 건 벌써 까먹으셨을 걸?"

"그랬으면 좋겠습니다."

"그럴 거야. 근데 우리 근무 얼마나 남았냐?"

"이제 두 시진 남았습니다."

"시간 존나 안 가네. 근무 교대 주기가 두 칸씩이든가?"

"예."

"그럼 내일은 해시(亥時)부터 자시(子時)까지야?"

"맞습니다."

"아. 왜 좆 같은 시간대야 또 진짜. 점호는 점호대로 다 받고 근무는 근무대로 다 받고. 야, 이따가 몰래 식당 넘어가서 같이 장국이나 한 사발 때리자."

"예. 백비 교관이 사라져서 상관없을 것 같습니다."

"왜? 걔 원래 야간근무 중에 뭐 못 먹게 했었냐?"

"예. 근데 이제 사라져서 이름이 근무표에 안 보입니다."

"잘됐네 뭐. 어디로 토꼈는진 모르겠지만 등천학관에서 교관 해 먹을 실력이면 어디 가서도 등 따시고 배부르게 잘 살겠지."

　두 문지기는 주거니 받거니 한참 동안이나 두런두런 대화를 나눈다.

　하지만 그럼에도 불구하고 근무 시간은 잘 가지 않는다.

　평소에는 뭣 좀 하고 나면 금방 가 있던 시간이 유독 이럴 때만큼은 질기게도 붙잡고 늘어지는 것이다.

　시간을 때울 다른 이야깃거리가 필요한 시점에서, 위사장 문지기가 말했다.

"야. 그러고 보니 너 그거 아냐?"

"뭐 말씀이십니까?"

"너가 약재 보관소 뭐 재고 파악 실수했다며. 그거 때문에 현무후님한테 혼났고."

"예, 그렇습니다."

"그 약재 보관소 얘기가 나와서 말인데. 거기에 전설이 하나 있거든. 들어 본 적 없어?"

"없습니다. 거기에 뭐 있습니까?"

"있지. 엄청난 전설이."

위사장은 후임 문지기를 향해 엄숙한 표정을 지어 보이며 말을 이었다.

"거기에 말이야. 무려 천기자라는 위인이 만든 영약이 하나 있는데. 그게 그렇게 엄청나대요."

"그게 뭡니까?"

"천기단이라는 단약인데. 일반인이 그걸 먹으면 단숨에 절정고수가 될 수 있다더라."

"그게 말이 됩니까?"

"진짜야 인마. 그게 너무나도 엄청난 영약이라서 전 무림에 딱 세 개 있대. 근데 그중 하나가 여기 등천학관 약재 보관소에 있다는 거 아니냐."

"에이. 그런 엄청난 게 약재 보관소에 왜 있습니까."

"얀마. 단약도 약재로 만든 거 아냐. 그러니까 약재 보관소에 있지. 너 약재 보관소 건물 못 봤어? 고작 약재들 보관

하는 건물이 왜 그렇게 크고 웅장하겠냐? 경계도 이중 삼중
으로 하고."

"아, 그만하십쇼. 저 약간 설득될라 그럽니다."

"아니 그렇잖아. 약재들 그거 뭐 다 풀 쪼가리 말린 것들
인데, 그런 것들이 뭐 그리 대단해서 고수들이 줄줄 포위하
고 있냐 이 말이지. 건물도 쓸데없이 크고."

"근데 제가 약재 보관소 경계 근무 많이 들어가 봤는데,
그런 영약은 한 번도 못 봤습니다."

"새꺄, 니한테까지 보이면 그게 영약이겠냐? 우리 같은 놈
들은 근처에도 얼씬 못 하지."

"그럼 그건 누가 관리합니까?"

"나도 몰라. 근데 이건 나도 전에 은퇴하셨던 위사장님한
테 들은 건데…… 이것도 전설 중에 하나지."

"뭡니까?"

"전설에 의하면 말이야. 사천당가의 고수들이 몇 년에 한
번씩 남몰래 찾아와서 천기단의 상태를 살펴보고 간다더라.
칠이 벗겨진 곳 있으면 칠해 놓고, 뭐 습기에 상한 부분 있으
면 말려서 굳히고, 건조해서 쪼개진 부분 있으면 비슷한 거
개어서 채워 놓고, 그런다던데?"

"에이. 그것도 잘 모르겠습니다. 애초에 사천당가에서 파
견단 같은 게 왔으면 저희 위사들이 모를 수가 없는데."

"음. 그런가? 그래도 혹시 모르지. 위장을 해서 들어올지

도?"

"사천당가면 정도십오주의 하나 아닙니까? 같은 정파 식구들인데 무림맹 오는데 굳이 그렇게까지 하면서 오겠습니까? 애초에 천기단이라는 게 진짜 실존하는지부터가……."

바로 그때. 두 문지기들의 대화가 끊겼다.

어두운 거리 저편에서 한 떼의 인파가 나타났기 때문이다.

그들은 검은 피풍의를 두르고 마차와 짐수레를 끌고 오고 있었다.

정확히 이곳, 등천학관의 후문을 향해서.

두 문지기는 굳은 표정으로 나섰다.

"정지. 정지. 정지. 손 들어. 움직이면 벤다. 비급."

그러자 맨 앞에 있던 사내가 나지막한 목소리로 말했다.

"장보도."

상대가 제대로 된 암구호를 대자 문지기들은 살짝 긴장했다.

무림맹 한복판에 적이 나타날 일은 없겠고, 그렇다면 업무차 찾아온 이들이라는 소리인데…… 괜히 실수라도 하게 되면 귀찮아진다.

"누구냐."

"사천에서 온 천천상단입니다. 약재 납품을 위해 왔고, 허가증과 패찰도 있습니다."

"보여 주실 수 있습니까?"

"물론이지요."

문지기들은 사내가 내미는 증서와 패를 등잔불 밑에 비추어 보았다.

"음. 사 년에 한 번씩 약재 납품이라. 그 전 기록들도 다 제대로 남아 있고. 아무 이상 없군."

지난 출입 기록도, 증서 밑에 적혀 있는 무림맹주의 인장도, 모든 것이 완벽하다.

출입을 막거나 지체시킬 그 어떠한 이유도 없었다.

"들어가십시오."

"고맙습니다."

천천상단의 사내들은 꾸벅 고개를 숙여 보이고는 서둘러 등천학관의 후문으로 들어갔다.

문지기들은 문단속을 하고는 명부에다가 출입 기록을 적었다.

"천천상단이랬지? 규모는 작아 보이는데 무림맹하고는 오래 거래하고 지내는군. 작아도 실속은 꽉 찬 알짜배기 상단인 모양이야."

"그런데 이런 야밤에도 방문객들이 오긴 오는 것 같습니다."

"상단 사람들이야 뭐, 시간이 금이니까. 밤이든 낮이든 돈 되는 일은 하는 거지."

"하긴. 배달에 밤낮이 어디 있겠습니까."

"그래서, 아까 하던 얘기나 계속하자고. 전설에 의하면 사천당가에서 몇 년에 한 번씩 정기적으로 천기단을 관리하러 온다는……."

"제 생각에는 허무맹랑한 소리 같습……."

두 문지기는 또다시 두런두런 잡담을 나눈다.

……하지만 그들은 꿈에도 모를 것이다.

방금 전 그들이 문으로 통과시킨 이들이 바로 전설 속의 존재들이라는 사실을.

사 년에 한 번씩, 상단으로 위장하여 천기단을 살피러 오는 사천당가의 파견단이라는 것을 말이다.

추이는 검은 피풍의를 뒤집어쓴 채 파견단의 말석을 따라가고 있었다.

'……예상대로, 여기까지는 순조롭군.'

사천당가의 파견단은 천기단에 대한 모든 정보들을 극비로 취급한다.

천천상단이라는 신분 역시도 오랜 시간 공들여 만든 것이니 절대로 외부에 노출될 리가 없는 것이다.

추이는 원래의 일정과 계획대로 등천학관의 중심, 약재 보관소 건물 앞에 섰다.

외당의 무인들은 이제부터 약 사흘간 약재 보관소 건물의 외벽 쪽 경계를 맡게 된다.

내벽을 넘어 들어갈 수 있는 이들은 오직 기술자들과 그들의 작업을 보고 배울 직계 후기지수들뿐.

거기서 기술자들을 제외한다면 소가주 당해아와 당예짐 정도가 끝이었다.

한편, 약재 보관소에 있는 등천학관의 무인들은 모두 자리를 비웠다.

그들도 천천상단이 사천당가의 파견단이라는 사실은 알지 못했고, 그저 위험한 약재들이 운반되고 있기 때문에 비전문가들은 안전상 자리를 피하는 것이 낫다고만 알고 있는 상태였다.

"……."

추이는 외벽에 등을 붙이고 서서 바깥을 바라보고 있었다.

……어떤 식으로 이 외벽을 넘을지.

……어떤 식으로 내벽 안쪽으로 들어갈지.

……어떤 식으로 천기단을 훔칠지.

……어떤 식으로 그것을 복용하여 흡수할지.

이 모든 것들에 대한 계획은 이미 완벽하게 짜 두었다.

이제는 최대한 변수 없이, 이것들을 실행에 옮기는 일만 남은 것이다.

그때.

"저기."

옆에서 누군가가 추이를 불렀다.

"……?"

추이가 고개를 돌린 곳에는 낯익은 얼굴 하나가 보였다.

당미호.

그녀는 붕대와 반창고가 덕지덕지 가리고 있는 얼굴로 추이를 바라보고 있었다.

"저번에는 미안했다. 함부로 얕잡아 봐서."

"……."

당미호는 원래 추이에게 패했기 때문에 파견단에서 제외되었다.

하지만 그것은 당예짐의 결정일 뿐.

원로원에서는 이미 다섯으로 확정된 당예짐의 호위 인력을 더 줄이는 것에 반대했고, 그 결과 치명적인 부상을 입은 당청조만을 호위 인력에서 제외시켰던 것이다.

그 결과, 당미호는 가까스로 파견단 자격을 유지할 수 있었다.

물론 이것은 당예짐의 결정이 아니라 원로원의 결정이었다.

"무슨 볼일이지?"

"……."

"본론만 짧게 말해라."

추이는 생각할 것이 많아 당미호를 상대할 여유가 없었다.

그러자 당미호는 주저주저하는 태도로 본론을 꺼냈다.

"아가씨에게…… 말을 좀 잘해 줄 수 없을까?"

"……?"

추이는 이해하지 못했다는 듯 고개를 갸웃했다.

당미호는 시선을 내리깐 채 쭈뼛거리며 말했다.

"그날 이후로…… 아가씨가 내 인사를 안 받아 주셔. 나를 철저히 없는 사람 취급하고 계시거든. 이런 적은 처음이야. 너무 가슴이 아파……."

그녀는 가슴을 꽉 움켜쥔 채 눈물 한 방울을 떨어트렸다.

"너는 아가씨께 총애받는 몸이잖아. 그러니…… 한마디라도 괜찮으니까 말을 좀 전해 줄 수는 없을까 해서. 내가 반성하고 있다고. 가슴이 미어져라 후회하고 있다고…… 앞으로 다시는 실망시켜 드리는 일 없을 것이라고……."

"그런 말은 본인에게 직접 말하는 편이 낫겠군."

"……!?"

추이가 뒤를 향해 턱짓을 하자 당미호는 소스라치게 놀라며 고개를 돌렸다.

언제부터 그곳에 있었을까?

당예짐이 묘한 시선으로 이쪽을 바라보고 있었다.

"아, 아가씨……."

당미호가 물기 어린 목소리로 당예짐을 불렀다.

지켜보는 이로 하여금 탄식이 나올 정도로 애절한 음성.

하지만 당예짐은 당미호에게 조금의 눈길도 주지 않았다.

그녀는 오직 한 명, 추이만을 바라보고 있을 뿐이다.

"거기 있으려니 심심하지?"

"……조금."

추이의 대답을 들은 당예짐이 눈웃음을 지었다.

그러고는 냉랭한 태도로 당미호의 옆을 지나쳐 추이의 옆으로 다가왔다.

"나는 방금 전까지 내당에 있었거든. 곧 천기단 보수가 시작된다나 봐."

"……."

"근데 그 전에 아주 잠깐 빈 시간이 있어."

당예짐은 추이의 손을 잡은 채 밝게 웃었다.

"먼발치이긴 하지만…… 살짝 구경해 볼래?"

그 말을 들은 추이는 기존의 계획들을 모조리 갈아엎어야 했다.

'운이 좋군.'

상황이 훨씬 더 유리하게 변했기 때문이다.

"아, 아가씨!"

당미호가 애절한 목소리로 불렀지만.

"자. 가자."

당예짐은 끝까지 당미호의 시선을 무시했다.

추이는 당예짐에게 물었다.

"부하가 꽤 충성심이 깊군. 그리 매몰차게 대해도 되나?"

"채찍을 맞을수록 충성심이 더 깊어지는 사람도 있는 법이
야. 노예나 변태들이 으레 그렇지."

"……."

당예짐의 말을 들은 추이는 머릿속에 한 사람의 얼굴을 떠
올렸다.

'좋아. 좋아, 예쁜아, 네가 벌인 판이라면 기꺼이 말이 되
어 줄게.'

술백정 견술. 장강수로채에서 뜻하지 않게 주운 미친개 한
마리.

지금은 어디 짱박혀서 뭘 하고 있는지 모르겠다만, 그자도
꽤나 미쳐 있는 변태였다.

'……그러고 보니 연락이 안 된 지 꽤 되었군. 곧 고양이
손 하나도 아쉬워질 때가 올 것이니 미리 연락을 취해 봐야
겠어.'

견술은 따로 써먹을 곳이 있다.

그러려고 이곳 등천학관까지 데려온 것이다.

추이가 견술에 대해 회상하고 있는 동안, 당예짐은 약재
보관소의 내원 안쪽으로 향하고 있었다.

외원에서 내원으로, 최후의 벽을 넘자 약재 보관소의 익숙
한 풍경이 보인다.

'별다른 것은 없군.'

추이는 일전에 한 번 이곳을 털었던 적이 있어서 내부의 모습을 똑똑하게 기억하고 있었다.

하지만 그때는 분명 천기단이 숨겨져 있을 만한 곳 따위는 없었다.

……하지만.

저벅— 저벅— 저벅— 저벅—

당예짐은 약재 보관소의 심층부, 왜인지 텅 비어 있는 구석진 공간으로 거침없이 걸어갔다.

나무 기둥, 돌바닥, 고풍스러운 수납함들과 알싸한 약초 냄새, 약간이지만 쌓인 먼지.

이 모든 것들의 끝에는 작은 손잡이 하나가 있었다.

…철커덕!

당예짐은 나무 손잡이를 잡아당겼다.

그러자 옆쪽에 있던 궤짝들이 조금 움직이며 새로운 누름쇠가 나타났다.

당예짐은 누름쇠의 위치를 조작했다.

위로 세 번, 아래로 세 번, 좌우로 번갈아 가며 한 번씩.

그러자 비로소.

끼기기기기긱……

반대편 구석의 수납함들이 옆으로 밀리며 아래로 내려가는 계단이 모습을 드러냈다.

'이런 구조로 되어 있었군.'

천기자가 만든 영약이니만큼 철저한 보안이 지켜지고 있을 것이라 예상했다.

아마 이 아래에 있는 기관진식들 또한 대단히 정교한 구조로 만들어져 있을 것임에 분명했다.

당예짐이 말했다.

"이 안으로는 당가의 적통들과 기술자들만이 들어갈 수 있어. 아마 네가 들어가게 된다면 함정들이 작동될 거야."

"함정이 나를 알아보고 작동하나?"

"그렇다기보다는, 기관진식의 작동 기준을 특정 체중과 특정 체취로 한정해 놓았거든. 그래서 이곳에 출입하기로 예정되어 있는 사람은 감량이나 증량을 통해서 신체를 일정 몸무게로 맞추어 놔. 또한 특수한 향료를 몸에 발라 체취를 바꾸지."

천기단을 지키고 있는 기관진식들은 먼 옛날 사천당가에서 심혈을 기울여 만들었다고 했다.

온갖 종류의 암기와 독들이 포진되어 있는 만큼, 힘으로 뚫고 들어가려고 한다면 상당한 희생을 치러야 할 것이다.

그때, 당예짐이 추이를 향해 한쪽 눈을 찡긋했다.

"천기단은 이 밑으로 내려가야 있어. 근데 내가 그걸 너에게 어떻게 구경시켜 줄지 궁금하지 않아?"

"궁금하다."

추이가 고개를 주억거리자 당예짐은 헛기침을 하며 가슴을 앞으로 쭉 내밀었다.

"이 누님의 재치과 배려에 감탄하라고. 자!"

당예짐이 꺼내 든 것은 작은 손거울이었다.

"……!"

추이는 손거울을 보는 순간 그녀의 의도를 눈치챘다.

거울 속에는 저 아래층의 풍경이 비쳐 보이고 있었다.

아마도 그것은 몇 개인가의 거울을 통해 반사되어 보이는 정경임에 분명했다.

당예짐이 씩 웃었다.

"올라오면서 계단 곳곳에 이 거울을 설치해 뒀거든. 이거면 기관진식에 걸리지 않고도 아래층의 풍경을 볼 수 있잖아. 물론 빛의 각도를 잘 조절해야 하지만."

"과연."

추이는 당예짐의 거울을 들여다보았다.

거울 속에는 네 명의 기술자들이 한데 모여 작업에 열중하고 있었다.

남자 둘, 여자 둘로 이루어진 그들은 완전한 알몸으로 한 협탁을 둘러싸고 있다.

그들의 사이로는 붉은 빛기둥을 뿜어내고 있는 환단 하나가 보였다.

천기단.

황금빛 비단 위에 올려져 있는 한 알의 적진주(赤珍珠).

그것은 약효를 떠나서 생긴 모양 그 자체만으로도 예술작품이라 평가될 만큼 고귀한 자태를 뽐내고 있었다.

마치 '무가지보(無價之寶)라는 것은 이런 것이다'라고 외치는 듯 고아한 자태.

저것이 바로 극도로 예민하고 섬세한 성질을 가지고 있다는 천기단의 본모습이었다.

네 명의 젊은 남녀는 실오라기 하나 걸치지 않은 상태로 서로 뒤엉켜 단약을 수선한다.

당예짐이 말했다.

"여자는 체온이 높아서, 남자는 체온이 낮아서, 각자가 할 수 있는 일이 다르대. 그래서 저렇게 뒤엉켜서 번갈아 가며 손을 쓰는 거지."

"아직 젊은 사람들 같은데, 실력을 믿을 수 있나?"

"태어났을 때부터 이 과정만을 위해서 훈련된 자들이야. 천기단은 약관을 넘지 않은 동남동녀들의 정기로만 보수할 수 있기 때문에 어리지 않으면 기술자로 선발되는 것 자체가 불가능해."

당예짐의 설명을 들은 추이는 천기단을 보수하는 과정을 잠자코 지켜보았다.

네 명의 동남동녀는 천기단의 상태를 점검하고, 자연적으로 손상된 부분들을 점검한 뒤, 장시간에 걸쳐 손상 원인을 파악하고 그에 대한 보수 방법과 가능성을 논한다.

아무리 조심해도 겉에 쌓일 수밖에 없는 먼지 등의 이물질을 조심스럽게 제거한 뒤, 특수 제작한 청정제로 주변 일대를 소독한다.

당예짐은 남녀 기술자들의 손동작을 보며 설명을 곁들였다.

"저 소독제 역시도 다루기가 극도로 까다로워. 보수 도중 사람의 체온에 휘발되거나 변질되지 않게 조심해야 하거든."

"소독하다가 하루 다 끝나겠군."

"실제로 그래. 그다음은 균열 보수인데, 여기서부터가 진짜지."

당예짐의 말대로 기술자들은 천기단의 겉표면에 난 극히 미세한 균열들을 보수하는 작업에 착수하고 있었다.

균열 부분의 정확한 크기와 모양, 깊이를 파악하고 그 이후에 균열 부분의 까끌까끌한 부분들을 다듬어서 매끄럽게 만든다.

그리고 적절한 성분으로 배합된 충전재와 접착제, 칠할 염료들을 준비한 뒤 결합 보충에 들어간다.

"단순한 균열 보수 과정이 이 정도야. 다만 공기에 노출되어 성질이 변해 버린 부분을 보수하는 것이 정말로 골치 아픈 과정이지. 만약 그 부분의 성질을 원래대로 되돌릴 방법이 없다면 대체재를 사용해야 하는데, 최대한 비슷하고 유사

한 약재들을 배합한다고 해도 그 효능을 완벽하게 되살리기란 불가능해. 그래서 천기자의 연단술은 시대를 수백 년이나 앞서갔다고 평가하는 것이고."

당예짐의 설명에는 기이한 열기가 어려 있었다.

그녀는 천기자에 대해 어떠한 강하고 절실한 감정을 품고 있는 것 같았다.

"천기단은 너무나도 쉽게 증발하고, 산화되며, 변질도 빠르고, 녹과 곰팡이도 잘 슬지. 겉표면을 엷은 막으로 입히는 과정을 통해 방수와 내열 가공을 해야 하는데, 기존 단약의 성질을 변질시키지 않게끔 해야 하니 그 과정이 일반 영약을 보관하는 것에 비해 수백, 수천, 수만 배 어려운 거야."

이래서 '영약은 단지 존재하는 것만으로도 중소문파 한두 개쯤은 너끈하게 파산시킨다'라는 말이 나오는 것이다.

어지간한 재력을 가지지 않고서야 영약을 섭취하는 것은 불가능하다.

왜냐하면 보관 자체가 이토록 무지막지하게 어렵기 때문이다.

그러니 '웬 지나가던 삼류무인 하나가 동굴이나 절벽 밑에서 우연히 천고의 영약을 주워 먹고 절대고수가 되었다'는 이야기는 그저 소설 속에나 등장할 따름인 것이다.

당예짐은 동남동녀의 이마, 볼, 목, 가슴, 손발을 비롯한 전신 곳곳에 묻어 있는 염료들을 가리켰다.

"저 붉은 칠재료들 역시도 한 방울 한 방울이 집 한 채와 맞먹는 영약들이야. 저걸 엄청나게 낭비해 가면서 바르고 있는 것 보여? 바닥에 막 뚝뚝 흘리는 것 같지? 사실 저래야만 하는 작업이야. 칠재료가 천기단의 표면 한쪽에 조금이라도 두껍게 발라지거나 조금이라도 가볍게 발라지면 단약의 무게와 중심이 변하게 되거든. 참, 그 전에 기존에 발라 놓았던 칠재료가 변질된 것부터 제거해야 해. 그 과정 역시도 무지무지 복잡하지."

그녀의 열띤 설명이 계속 이어진다.

추이는 중간부터 흥미를 잃어버렸기에 그저 한 귀로 흘리고 있었지만 말이다.

……바로 그 순간.

바스락–

추이는 뒤쪽에서 느껴지는 인기척에 귀를 쫑긋 세웠다.

당예짐이 추이보다 한 발 뒤늦게 고개를 돌리는 순간.

…퍼펑!

뒤에서 독장(毒掌)이 날아들었다.

"……!"

추이와 당예짐은 황급히 비밀통로의 앞에서 멀어졌다.

바닥에 남은 검록색의 자국.

사천당가의 비전절기인 비서장(飛絮掌)의 흔적이었다.

그리고 이토록 강력한 비서장을 날릴 수 있는 이는 사천당가 내부에 몇 없다.

저벅- 저벅- 저벅-

그 몇 없는 존재들 중 하나가 추이와 당예짐의 앞으로 모습을 드러냈다.

"······대업을 엿보는 쥐새끼들."

당해아. 사천당가의 소가주.

그가 진노한 표정으로 추이와 당예짐을 노려보고 있었다.

"삼랑. 예짐. 네놈년들은 진정코 답이 없구나. 스스로 죄의 경중을 자각하고 있기는 하느냐?"

"······."

추이는 입을 다물었다.

하지만 당예짐은 지지 않고 맞섰다.

"한 아비 밑에서 나온 핏줄들인데 뭐 문제 있어?"

"진정코 문제가 없다고 생각했다면 삼랑을 데리고 기관진식 안으로 들어갔겠지. 좀도둑마냥 거울로 안을 비추어 보는 것이 아니라."

"그래서? 나도 둘째 오라버니처럼 손바닥으로 때려죽이게?"

"······."

당해아의 표정이 일그러졌다.

이윽고, 그는 나지막한 어조로 대답했다.

"소군의 일은 사고였다."

"사고는 무슨 사고야. 정적 제거겠지."

"믿기지 않겠지만 사실이다. 소군은 나를 이기기 위해 무리하게 독공을 운용하려다가 제 독에 제가 중독되어 죽은 것이야."

당해아는 추이를 돌아보며 화제를 전환했다.

"삼랑. 내가 분명 경고했을 터인데?"

"……."

"네가 무슨 꿍꿍이로 이곳 파견단까지 따라온 것인지는 모르겠으나, 현재 본가는 너를 신경 쓸 여력이 없다. 네가 벌인 오늘의 일은 반드시 엄중한 대가를 치르게 될…….".

그때.

"오라버니. 서왕모(西王母)가 누구인지 알아?"

당예짐이 뜬금없는 말을 꺼냈다.

"……?"

당해아가 무슨 소리인가 싶어 당예짐에게로 고개를 돌리는 순간.

콰ー직!

무시무시한 기세로 뻗어 나온 독장 한 줄기가 당해아의 가슴팍을 후려갈겼다.

"……!"

뼈가 부러지는 충격에 피를 토한 당해아는 그대로 돌바닥 한편에 날아가 처박혔다.

불의의 일격인지라 제대로 방어조차 하지 못했다.

당해아는 가슴팍으로부터 퍼져 나가는 독기운을 억누르며 고개를 들었다.

그 앞으로 서서히 녹빛의 그림자가 드리워진다.

당예짐.

방금 전에 비서장을 출수한 그녀의 두 손이 독으로 인해 녹빛으로 타오른다.

고혹적으로 휘어져 있는 눈꼬리, 뚜렷한 조소, 표정 전체에서 느껴지는 야릇한 갈망.

그 모든 것들이 당해아를 향해 고정되어 있었다.

"천기단은 내가 먹을 거야."

서왕모(西王母).

도교의 신으로 요지금모(瑤池金母), 왕모낭랑(王母娘娘), 구령태묘귀산금모(九靈太妙龜山金母)라는 이름으로도 불린다.

수하로 청조와 구미호를 부리며 곤륜산 정상에 있는 반도원(蟠桃園)을 다스리는데, 이 반도원에 열리는 복숭아를 따 먹으면 불로장생한다고 전해진다.

훗날 손오공이라는 이름의 원숭이가 이 반도원의 복숭아들을 모조리 따 먹어 버리는 바람에 칼과 창에도 흠집 하나

안 나고 불과 벼락에도 죽지 않는 몸이 되었다고 한다.

"……라는 이야기지."

당예짐.

그녀의 왼손은 녹색으로, 오른손은 흑색으로 불타오른다.

불길이 기둥처럼 치솟아 오를 때마다 손바닥 위에 고인 독
수가 부글부글 끓다 못해 졸아붙고 있었다.

매캐한 냄새와 기름이 튀는 듯한 소리.

삼매진화로 인해 기화된 독액은 연기가 되어 밀폐된 공간
을 쓸어 간다.

그 연기는 천천상단의 이름으로 보관소 안에 적재해 놓았
던 다른 약재들과 반응하여 더더욱 격렬한 반응을 일으키고
있었다.

"……이게 뭐 하는 짓이냐?"

당해아가 몸을 추스르며 일어났다.

이에 당예짐이 비웃었다.

"보면 몰라? 설계(設計)다."

"……."

"넌 걸려든 거야."

당예짐은 정면을 노려보는 동시에 뒤쪽을 향해 말했다.

"날벌레가 날아들어 처리했으니 신경 쓰지 말고 할 일을
해라."

그러자 벽에 기대어진 손거울 속, 네 명의 동남동녀가 다

시 천기단 보수 작업을 재개하기 시작했다.

그들 역시 이미 당예짐에게 포섭된 모양이었다.

이윽고, 당예짐의 시선이 천천히 움직였다.

그녀는 추이를 쳐다보고 있었다.

생긋―

여느 때와 다름없는 미소.

하지만 당예짐의 눈은 전혀 웃고 있지 않았다.

"삼랑. 아직 오독을 두려워하니?"

"……."

추이는 대답하지 않았다.

심상뇌옥 속 당삼랑의 창귀가 머리를 조아리고는 바들바들 떨고 있는 것이 보인다.

그는 여전히 살아생전처럼 당해아를 미워하고 증오했으며 당예짐을 연모하고 추앙하고 있었다.

……하지만. 추이에게 있어 창귀가 살아생전 무엇을 느끼고 보았는지는 조금도 중요치 않다.

이윽고 당예짐이 씩 웃었다.

"그렇구나. 안 두려워하는구나."

동시에 그녀의 두 손바닥이 하나로 합쳐졌다.

녹빛과 흑빛이 뒤섞이며 커다란 소용돌이가 만들어져 추이의 가슴을 때렸다.

콰콰쾅!

추이는 목뒤로 날아가 재 기둥 몇 개를 부수며 약재 궤짝들 사이에 처박혔다.

당예짐은 목을 좌우로 꺾었다.

"이래서 집에서 키우는 개는 바깥 물을 먹이면 안 돼. 몇 년 만에 전혀 다른 개가 되어서 왔잖아. 귀엽지 않게."

그 모습을 본 당해아가 침음을 삼키며 당예짐에게 물었다.

"삼랑은 너를 따르던 것이 아니었나?"

"맞아. 묘족 학살부터 귀찮은 원로들 암살까지, 시키는 대로 잘 움직여 줬지."

"……!"

'묘족'이라는 단어가 나오자 당해아의 표정이 확 일그러졌다.

당예짐은 그것이 재미있다는 듯 쿡쿡 웃었다.

"왜? 삼랑이 독자적으로 벌인 일인 줄 알았어? 삼랑은 오히려 네가 시켰다고 알고 있을걸? 내가 중간에서 말을 살짝 바꿔서 전달했었거든."

당해아는 당삼랑이 독자적으로 묘족들을 학살한 줄 알았고, 당삼랑은 당해아의 명령에 따랐다가 토사구팽당했다고 알고 있었다.

물론 이 간단한 구도에는 수도 없이 많은 간계와 음모 들이 덕지덕지 덧붙여져 있었고, 그것을 칠하고 땜질한 땜장이는 바로 당예짐이었다.

"사실 다 내 지시였어. 나는 여덟 살 때부터 묘족들을 잡아 족쳐 왔었거든. 삼랑은 마지막에나 조금 거들었던 정도였지. 뭐, 그 죄는 다 독박 쓰게 되었지만 말이야."

당예짐은 쓰러져 있는 추이의 앞으로 걸어갔다.

그리고 그녀가 다시 한번 독장을 내지르려는 순간.

…콰쾅!

당예짐은 뒤쪽에서 날아드는 녹빛의 손바닥을 향해 몸을 돌려야 했다.

당해아가 펼친 비서장이 당예짐을 노리고 떨어진다.

당예짐 역시도 손바닥을 들고는 독이 풀린 내력을 팔 전체에 휘감아 둘렀다.

극성의 비서장과 비서장이 맞붙었다.

콰—쾅!

사람의 손바닥 두 개가 부딪쳤는데 마치 대량의 폭약이 터진 듯한 굉음이 울렸다.

"……."

당해아는 입을 꾹 다문 채 독장을 출수하고 있었다.

굳게 맞물린 입술을 비집고 핏물이 울컥울컥 터져 나왔으나 그럼에도 불구하고 한 치도 물러서지 않는 모습.

이에 당예짐은 귀찮다는 듯 암기를 빼 들었다.

당가 암기술의 가장 기본적인 형태 구환살(九幻殺).

아홉 개의 뻠창이 주변의 궤짝들을 종이상자처럼 찢어발

기며 쇄도했다.

콰지지지지지직!

독액과 나무조각들이 사방팔방으로 비산한다.

당해아는 두 눈을 크게 떴다.

아홉 개의 뼘창은 독기운이 어른거리며 만들어 내는 신기루 때문에 여러 개의 환영처럼 흩어져 보인다.

'일반적인 구환살이 아니다. 독자적으로 개량했구나!'

당해아가 몸을 뒤로 물리자 당예짐이 코웃음 쳤다.

"나의 오독공은 이제 짐육(鴆肉), 재조(在蛆), 아도(餓徒), 불식(不食)의 네 단계를 밟았다. 아무리 오라버니라고 해도 피하는 것은 무리야."

오독공(五毒工).

사천당가에서 오래 전에 실전된 무공.

다루는 독들이 너무나도 지독한 데다가 사람의 심성에까지 영향을 미치기에 독공이라기보다는 마공(魔工)으로 분류하는 것이 더 적절한, 그래서 사천당가 내부에서도 폐기되었다고 알려진, 그런 고대의 무공이다.

다섯 가지 종류의 고독(古毒)은 혈류를 비정상적으로 빠르게 하고 이로 인한 뇌의 처리 능력과 근육의 수행 능력은 몇 갑절로 폭증한다.

…키리릭!

당예짐의 비서장이 기존과는 조금 다른 궤도를 그린다.

악의에서 기반하고 있는, 아주 낡고 오래되었으며 그만큼
이나 오래 묵은 독수(毒手).

콰—쾅!

두 번째로 손바닥을 부딪쳤을 때, 당해아는 자신의 모든
손가락뼈들에 옅은 실금이 간 것을 느꼈다.

"그것은 고대의 당가에서도 실전, 아니 폐기된 마공이다.
어찌 네년이 가지고 있느냐?"

"우물 밑에서 찾았지. 반쯤 무너진 굇돌들 밑에 구결들이
음각되어 있더군."

당예짐은 순식간에 당해아를 몰아붙었다.

일장 일장이 모두 치명적이었고 숨이라도 한번 잘못 들이
마셨다가는 바로 중독된다.

당예짐은 당해아의 가슴팍을 재차 후려갈기며 말을 이었
다.

"이 오독공을 수련하기 위해서는 다섯 가지의 극독이 필요
한데, 그중 가장 입수하기 어려웠던 것이 바로 묘족의 독이
었어. 이제 알겠어? 내가 왜 그토록 묘족 놈들을 잡아 족치
는 데에 진심이었는지."

묘족의 독과 강족의 독이 포함되어 있는 세외오독(世外五
毒).

당예짐은 그것들을 다루어 자신의 육체를 흥성(興盛)하게
만들고 적의 육체를 망쇠(亡衰)하게끔 하고 있었다.

당해아가 황당하다는 듯 씹어 내뱉었다.

"가문 안에 미친년이 있었군."

"너도 미친놈이잖아. 애초에, 이 집안에 안 미친놈이 있어?"

당예짐은 깔깔 웃으며 독수를 휘둘렀다.

그녀의 손가락 끝에서 송글송글 배어 나온 끈적한 독액은 허공에 휘둘러지는 동시에 초승달 모양으로 녹푸르게 빛난다.

퍼-엉!

날아간 독액은 돌과 나무들을 부수며 사방팔방으로 튀어 매캐한 독무를 형성했다.

바닥을 굴러 옆으로 피한 당해아가 재빨리 추이의 멱살을 잡아 일으켰다.

추이는 자신을 방패로 삼으려는 당해아의 손을 뿌리치려 했으나.

퍽!

당해아는 추이를 방패로 삼기는커녕 되레 자신이 한 발 앞으로 나서며 추이를 뒤로 떠밀었다.

"방해된다! 나가 있어라!"

"……?"

"뭘 멍하니 서 있어! 당장 나가서 지원군을 요청해!"

당해아는 추이를 피신시키고 자신이 이 자리에 남고자 하고 있었다.

추이가 물었다.

"왜 네가 도망가지 않고 나를 보내려 하지?"

그러자 당해아가 황당하다는 듯 말했다.

"내가 너보다 형이고, 더 강하지 않나? 그러니 위험을 감수하는 것도 내 몫이다."

"……."

"젠장, 소가주의 명령이다! 빨리 꺼져!"

말을 마친 당해아는 더 이상 추이를 신경 쓸 여유가 없다는 듯, 앞으로 손을 뻗었다.

곧장 날아든 당예짐의 독수가 당해아의 손바닥과 맞부딪쳤다.

쩌─억!

또다시 근육이 터지고 뼈가 쪼개지는 소리가 터졌다.

"빌어먹을……."

당해아는 당예짐의 공격에 조금씩 조금씩 밀려나고 있었다.

제아무리 당해아가 불세출의 천재이고 사천당가의 소가주에게만 전수되는 훌륭한 비전절기들을 팔 성 이상으로 익히고 있다고 한들, 당예짐이 사용하는 오독마공의 폭발적인 힘에는 미치지 못하고 있었다.

"호호호호─ 극악의 생존율에 인성도 날아가는데, 그럼에

도 불구하고 마공을 익히는 이유가 뭐겠어? 응? 이런 맛이라
도 없으면 왜 마공을 익히겠냐고!"

당예짐은 일방적으로 당해아를 두들겨 패기 시작했다.

녹빛 강기를 머금은 손바닥이 당해아의 뺨, 목, 가슴, 배
를 사정없이 후려갈긴다.

"천하의 당문 소가주 꼴이 그게 뭐야? 허접하기 그지없
네!"

"......."

당해아는 두 팔로 급소만을 방어하며 계속해서 뒤로 물러
나고 있었다.

당예짐의 팔이 순간 네 개로 늘어났다.

짐육, 재조, 아도, 불식.

네 개의 녹륜(綠輪)이 회전하며 당해아의 머리, 양쪽 가슴,
배를 거의 동시에 강타했다.

"커헉!?"

강력한 충격파가 피부를 찢고, 근육을 터트리며, 뼈를 쪼
개고, 내장을 곤죽으로 만들었다.

그 뒤로는 제독과 해독이 불가능할 정도로 난해한 배합비
를 가진 합성독이 파괴된 몸 조직 곳곳을 날카롭게 파고든
다.

…쿵!

당해아가 벽에 부딪쳐 쓰러졌다.

금이 간 벽은 천천히 바스라져 내리더니 아예 붕괴해 버렸다.

우르르르릉!

청석 안쪽의 철골들이 눈에 띄게 휘어져 있는 것이 보인다.

등천학관의 약재 보관소를 구성하고 있는 강력한 철벽이 무너져 내릴 정도로 당예짐의 장법은 강력한 것이었다.

당해아가 끊어져 가는 목소리로 말했다.

"……소란이 일어났으니 곧 사람들이 올 것이다."

"호호호- 누가? 누가 이 독무를 뚫고 올 수 있지?"

당예짐은 자신 있다는 듯 두 팔을 벌렸다.

그녀가 뿌려 놓은 독은 천천상단이 납품해 온 어마어마한 양의 약초 궤짝들과 만나서 지금도 계속 새로운 독무를 뿜어내고 있다.

이 독무는 시간이 지나면 지날수록 점점 더 강력해질 것이고 바람을 타고 등천학관 전체로 퍼져 나갈 것이다.

그것을 아는 당예짐은 확신하고 있었다.

"이곳에는 이제 아무도 들어오지 못해. 나는 다 계획을 세워 놓고 왔거든. 이 독무를 뚫고 들어올 만한 사람은 모두 자리를 비웠다 이거야."

"……과연 그럴까?"

"?"

하지만 당해아는 아직도 일말의 여유를 간직하고 있었다.

당예짐이 당해아의 여유가 기인하는 근원을 찾기 위해 고개를 갸웃하는 순간.

저벅—

뿌옇게 넘실거리는 독무 너머에서 발걸음 소리 하나가 들려왔다.

저벅— 저벅—

그것은 곧장, 이쪽을 향해 똑바로 걸어오고 있었다.

저벅— 저벅— 저벅—

발소리를 들은 당예짐의 표정이 경악으로 얼룩졌다.

"말도 안 돼. '그 사람'을 제외하면 이곳 등천학관에 내 독무를 뚫을 수 있는 자가 없는데? ……누구냐!?"

그리고 이내. 녹색 매연 너머로 껑충 큰 그림자 하나가 어른거린다.

"골육상잔(骨肉相殘)을 조금 시끄럽게 하는구나."

휘장처럼 넘실거리는 독무를 걷고 창백한 인상의 중년인 하나가 등장했다.

"……!?"

그를 본 당예짐의 미간이 꾸깃하게 접혀 들어갔다.

신의 당무상.

이번 파견단에 합류하지 않기로 공표했었던 사천당가의 가주가 그곳에 있었다.

"......."

당예짐의 낯빛에서 핏기가 빠져나갔다.

파견단에 오지 않을 줄 알았던 당무상이 이 자리에 모습을 드러냈다.

신의 당무상. 그의 또 다른 별호로는 '천하제일의'와 '약제(藥帝)'가 있다.

여기서 중요한 별호는 바로 약제.

약(藥)은 곧 독(毒)과도 일맥상통한다.

그러니 당무상의 별호는 독제(毒帝)이기도 한 것이다.

'당했다. 내부자들까지도 속여 버리는 반간계였구나.'

당예짐은 이를 악물었다.

당무상이 이곳에 있다는 것은 그가 이미 내부에서의 반란을 어느 정도 예측, 대비하고 있었다는 뜻이 된다.

'......이렇게 된 이상 어쩔 수가 없다. 강행돌파를 하는 수밖에.'

당예짐은 실력 행사에 나섰다.

콰콰콰콰쾅!

사 성의 오독공이 펼쳐졌다.

"......호오."

당무상은 수염을 쓰다듬으며 감탄했다.

배신자를 대하는 것이 아니라 순수하게 독 그 자체에 대해 감탄하는 듯한 느낌이었다.

"귀한 독들을 많이도 주워 모았구나. 남만, 운남 쪽의 독들인가. 묘족, 강족들에게서 짜낸 고혈들이 여기 다 모여 있었군."

당무상은 태연한 표정으로 손을 내밀었다.

이윽고, 오독공의 묘리가 가미된 당예짐의 비서장이 당무상의 가슴팍에 꽂혔다.

퍼-억!

하지만 당예짐의 출수는 당무상의 가슴팍에 닿기 직전 멈췄다.

당무상이 두 손으로 당예짐의 손목을 꽉 잡고 있었기 때문이다.

"조금 얕았구나. 힘도, 꾀도."

동시에, 당무상의 수염이 꿈틀거리는가 싶더니 수없이 많은 세침들이 뻗어 나왔다.

"으윽!?"

당예짐은 황급히 뒤로 물러났으나 당무상은 꽉 잡고 있는 그녀의 두 손목을 놓아주지 않았다.

결국 당예짐은 급한 대로 고개와 허리를 최대한 뒤로 젖혔다.

…퍼퍼퍼퍼퍼퍼퍽!

세침들은 그녀의 가슴과 배, 허벅지에 꽂혀 들었다.

"이이이익!"

당예짐은 허리를 뒤로 젖힘과 동시에 두 다리를 접고는 무릎을 들어 올렸다.

그리고 그 기세 그대로 당무상의 가슴팍을 두 발바닥으로 걷어찼다.

그러나 이미 당무상은 당예짐의 한쪽 손목을 놓은 채 반대쪽 손을 들어 올려 그녀를 건너편 바닥으로 내팽개치고 있었다.

찌-억!

당예짐은 돌바닥 위로 등짝부터 떨어졌다.

"......! ......! ......!"

고통에 비명도 나오지 않는다.

그저 마른 쇳소리만 꺽꺽 흘러나올 뿐.

그 위로 당무상의 손바닥이 떨어져 내렸다.

비서장(飛絮掌).

다만 당해아나 당예짐의 것과는 격이 다른.

콰-콰콰콰콰콰쾅!

돌바닥이 두 조각으로 쪼개지며 깊은 균열이 생겼다.

당예짐은 혼비백산한 채 바닥을 데굴데굴 굴러 뒤로 물러났다.

그러나 당무상은 당예짐의 뒤를 쫓지 않았다.

다만 뒤쪽에 있던 아들을 돌아볼 뿐이다.

"해아. 괜찮으냐?"

"……괜찮습니다."

당무상의 부름을 들은 당해아가 입가의 핏물을 닦아 내며 일어났다.

그때, 당무상의 고개가 의외의 방향으로 꺾였다.

당해아가 있는 곳의 뒤쪽이었다.

"삼랑은?"

"……?"

추이는 자신을 바라보는 당무상의 눈길에 고개를 갸웃했다.

일단 불렀으니 대답은 해야 한다.

"괜찮습니다."

"다행이구나."

당무상은 다시 앞을 향해 고개를 돌렸다.

그러고는 추이에게 짤막한 명령을 내렸다.

"삼랑은 네 형을 데리고 이곳에서 피하거라."

당해아를 '네 형'이라고 표현하는 당무상.

그는 당삼랑을 자신의 아들이자 당해아의 동생이라 부르고 있었다.

"……."

추이는 미묘한 감정을 느끼며 당해아를 부축했다.

'내가 너보다 형이고, 더 강하지 않나? 그러니 위험을 감수하는 것도 내 몫이다.'

'삼랑은 네 형을 데리고 이곳에서 피하거라.'

……저것이 위급한 순간, 적을 더 늘리지 않으려는 얄팍한 심계일까?

……아니면 그동안 차가운 겉껍데기 속에 숨겨 놓고 있었던 진심일까?

……지금은 죽고 없는 진짜 당삼랑이 당무상과 당해아에게 이런 말들을 직접 들었으면 무언가가 달라졌을까?

'뭐, 지금은 다 쓸데없는 상념일 뿐이지.'

추이는 당해아를 부축하여 거대한 궤짝들 사이로 난 샛길을 향해 뛰었다.

그러는 동안 당무상은 당예짐을 막아서고 있었다.

"끄으으으윽……."

당예짐은 등을 어루만지면서도 눈을 치켜뜬 채 전의를 꺾지 않고 있었다.

당무상은 태연한 표정으로 물었다.

"왜 그랬느냐?"

"……."

당예짐의 눈에 핏발이 섰다.

행동의 이유를 묻는 아비의 말에 딸은 앙칼진 목소리로 대답했다.

"천기단을 유지, 보수하려고 매번 천문학적인 비용을 쓰는 것은 병신 짓이지. 그 좋은 영약을 왜 그냥 내버려두면서 관리만 하고 있냐고. 빨리, 누군가 뜻있고 걸출한 영웅이 그 것을 먹고 날개를 펴는 것이 더 효율적인 일 아니겠어?"

"그것은 정도무림에 큰 위기가 닥쳤을 때 나타날 영웅들을 위한 것이다. 평화로운 세상에서는 너도 나도 영웅입네 하지 만, 결국 난세가 와야 진정한 낭중지추(囊中之錐)가 밝혀지는 셈이지. 천기단은 바로 그런 이들을 위해 후대에 안배된 것. 현 평화로운 시대의 강호들에게는 자격이 없다."

"그 난세의 영웅이 바로 나야. 나는 자격이 있어."

"어떠한 뜻을 품고 있기에 스스로를 영웅이라 칭하느냐, 딸아."

"사천당가의 가주가 될 거야. 여자도 가주가 될 수 있다는 것을 보여 주겠어."

"여자가 가주가 되어서는 안 된다는 법은 없지. 사천이 아 니라 다른 지역에서는 심심찮게 있는 일이야. 한데, 그러려 면 실력으로 했어야지. '외세(外勢)'의 힘을 구걸하여 내란을 일으키는 것은 잘못된 방법이다."

"……!"

'외세'라는 말이 나오자 당예짐의 표정이 한층 더 딱딱하게 굳었다.

당무상은 여전히 태연한 표정이었다.

"공동체가 붕괴한다면 결국 실권을 잡는 것도 무의미한 일 이야."

"일단 잡고 보면 돼. 세력은 그 이후에라도 다시 키울 수 있다."

"듣고 보니 실권이 없는 이의 입장에서는 그렇게 생각할 수도 있겠구나. 하지만 나는 집안을 지켜야 할 몸. 너를 막아서는 것은 당연하고도 필연적인 수순이다."

당무상의 말을 들은 당예짐이 씩 웃는다.

그녀는 양손에서 검록색의 독연기를 뿜어내며 으르렁거리듯 말했다.

"마음대로 해. 추골육식이 필요하면 해도 좋아."

"……"

"단. 뼈와 살을 발라내야 할 사람은 내가 아니라 당신이야. 애초에 내가 받고 싶어서 받았던 것들도 아닌데 이제 와서 돌려주는 것도 웃기잖아? 오히려 당신이 내놔야지. 태어나기 싫은 세상에 나를 억지로 내어놓았으니 말이야."

당예짐은 전신에 축적되어 있는 독기를 한계까지 끌어올렸다.

천천상단에서 납품한 약재들에게서 빨려나온 독기들까지 그녀의 양손으로 모여든다.

츠츠츠츠츠츠츠츠……

사 성에 이른 오독공에 비서장이 결합되자 허공에 거대한 손바닥 두 개가 생겨났다.

콰—앙!

당무상은 위에서 아래로 떨어져 내리는 비서장을 피해 옆으로 물러났다.

그는 도반삼양귀원공(導反三陽歸元功)을 운용하여 내력을 일시적으로 폭증시켰다.

화르륵!

독을 연료로 삼은 삼매진화가 당무상의 두 팔을 휘감았다.

적련신장(赤練神掌).

비서장만큼이나 강하고 위력적인 장법이 당예짐의 출수를 막아 냈다.

시뻘건 불길과 검록색 독무의 대결.

콰—지지지지지지지지지직!

그 결과는 불길의 승리였다.

"크, 크윽……!"

당예짐의 관자놀이에서 흑빛의 식은땀 한 방울이 끈적하게 흘러내린다.

당무상이 말했다.

"만사(萬事) 물극필반(物極必反)이라. 모든 것들의 전개가 극에 도달하면 반드시 뒤집히기 마련이다."

한계를 모르고 독해지던 당예짐의 독들이 서서히 사라지고 있었다.

당무상은 당예짐의 몸에서 뿜어져 나오는 모든 독들을 해독(解毒)하거나 제독(除毒)해 버렸다.

천하제일의라는 별호는 결코 헛된 것이 아니었다.

그의 오른손을 거친 독들은 해독되어 무해한 물질로 변해 흩어졌고, 그의 왼손을 거친 독들은 더 이상 날뛰지 못하고 억눌린 체 완벽하게 제독되었다.

당무상은 어지간한 독쯤은 한 번 훑어보거나 냄새를 맡는 것만으로도 정체를 꿰뚫어 보았고, 품속에 가지고 있는 약이나 독을 이용해 그것들을 완벽하게 무력화시켰다.

그뿐만이 아니다.

당무상은 자신에게 뿌려진 독의 성질을 변화시켜 유익한 보약으로 만들었고, 적의 독을 폭주시켜 강제로 주화입마를 유발시키고 있었다.

그것은 거의 신기에 가까운 묘기로 그가 젊은 나이에 사천당가의 가주가 될 수 있었던 이유를 단적으로 보여 주는 예였다.

"……! ……! ……!"

당예짐은 몇 번인가의 공수를 교환한 끝에 뒤로 물러섰다.

그녀의 얼굴은 군데군데 붉으락푸르락했고 손바닥과 손등, 팔뚝과 목의 색깔이 각기 달랐다.

청(靑), 적(赤), 황(黃), 흑(黑), 녹(綠)…… 신체 곳곳이 시시각각 다른 색깔로 변하고 있는 모습이 실로 기괴하기 그지없다.

당예짐은 피부를 뚫고 스며 들어온 열다섯 종류의 독을 해독하고, 스물일곱 종류의 독을 제독했지만, 나머지 세 종류의 독만은 끝끝내 어쩌지 못했다.

그것을 본 당무상은 느긋한 어조로 입을 열었다.

"네가 해독하지 못한 독들은 주변에 있는 인간의 의지에 따라 서로 다른 효과를 낸다. 주로 악의를 품은 인간에게 해로운 성분을 만들어 내는데, 사람의 독심이 얼마나 지독한지 보여 주는 단적인 예지."

"무형지독(無形之毒)을 넘어 의형지독(意形之毒)이라 이건가. 호호호…… 이건 못 당하겠네."

당예짐은 마지막 힘을 쥐어짜 구환살을 펼쳤으나 독이 따라 주지 않은 암기술은 반쪽짜리일 뿐.

심지어 암습이 아닌 정면승부였던지라 그마저도 한 번 더 반감된 위력이었다.

"허튼짓."

당무상은 날아드는 암기들을 모조리 후려쳐 낸 뒤 곧바로 거리를 좁혔다.

쿠—오오오오오오오!

압도적인 크기의 독장이 당예짐을 향해 뻗어 나간다.

"가문의 체면이 손상되는 것은 여기까지다. 가문 내부의 지하 감옥에서 영원히 반성하거라, 딸아."

"지하 감옥이라…… 옛날 생각 나는군."

하지만 당예짐은 조금도 기죽지 않았다.

오히려 당무상의 뒤쪽을 향해 한쪽 눈을 찡긋할 따름이다.

"그치? 미호야."

"……!"

동시에, 당무상의 한쪽 눈썹이 까닥 움직였다.

그의 바로 뒤를 날쌔게 따라붙는 하나의 그림자가 있었다.

당미호.

당예짐의 최측근.

"으아아아아아!"

그녀는 죽을 각오를 한 채 최후의 명령을 수행했다.

당미호는 두 손에 든 채찍으로 당무상의 몸을 휘감았다.

…키리리리리리릭!

자신의 몸마저 함께 묶어 버리는 동귀어진식의 공격에 천하의 당무상마저 일순간 멈칫했을 정도였다.

"흠."

당무상은 어렵지 않게 손을 뻗어 채찍을 찢어발겼다.

그리고 짧아진 채찍으로나마 호연십팔편(浩然十八鞭)을 시전하려는 당미호의 목을 잡고 바닥에 찍어 눌렀다.

콰—직!

당무상이 당미호를 짓누른 채 고개를 드는 순간.

퍼퍼퍼퍼퍼펑!

당예짐은 당미호를 철저히 외면한 채 지하통로를 향해 뛰었다.

…후욱!

당예짐의 두 눈에서 붉은 기운이 뿜어져 나온다.

묘족의 독이 그녀의 체내를 돌며, 아주 흐릿한 환영 하나가 당예짐의 등 뒤로 피어오른다.

'……동두철액(銅頭鐵額)?'

순간 당무상의 동공이 흔들렸다.

네 개의 눈, 여섯 개의 팔, 거대한 뿔과 발굽, 구리로 된 머리와 쇠로 된 이마.

주변에는 혈액처럼 시뻘건 독무(毒霧).

"옛 천자(天子)? 잊혀진 시대의 악신(惡神)? 뭐냐 저건!?"

당무상이 재빨리 비서장을 날려 보냈으나.

…콰쾅!

그것은 주변의 철벽을 무너트려 놓았을 뿐, 당예짐은 이미 천기단이 있는 곳으로 통하는 지하통로를 향해 뛰어들었다.

"비켜라 쓰레기들아!"

당예짐은 발에 걸리적거리는 네 명의 동남동녀를 일장에 때려죽여 버렸다.

"……."

"……."

"……."

"……."

죽는 그 순간까지도 아무런 표정도, 남길 말도 없었던 네 개의 목숨이 허무하게 스러져 버렸다.

이윽고.

…깽창!

당예짐은 모든 잠금장치들을 깨부수고는 안에 있는 목함을 끄집어냈다.

딸깍-

황금으로 된 경첩이 벌어지며 함의 뚜껑이 열렸다.

화려한 비단 위에 자리 잡고 있는 붉은 빛깔의 단약.

천기단. 소림의 대환단에 버금간다는 전 무림 최고의 영약이 모습을 드러냈다.

그리고.

…우드득!

당예짐은 한 치의 망설임도 없이 천기단을 입안에 넣고 씹었다.

그리고 그것을 단숨에 삼켜 버렸다.

"안 돼! 이런!?"

당무상이 내지르는 탄식 소리가 독무 너머에서도 또렷하게 들려온다.

그리고.

"……!"

예리한 기감을 통해 이 모든 움직임들을 관측하고 있던 추이가 비로소 눈을 떴다.

당예짐이 천기단을 먹는 순간.

'오래 기다렸다.'

추이는 지금껏 바로 그 순간만을 기다려 왔던 것이다.

천기단.

세상에서 가장 귀하다는 십대영약(十大靈藥)들 중에서도 가장 발군의 효과를 자랑하는 단약.

중원의 연단술을 근 삼백 년가량 앞당겨 놓았다는 기술의 정수.

무림에 위기가 닥쳤을 때를 위한 천기자의 안배.

당예짐은 그것을 눈 깜짝할 사이에 먹어 치웠다.

…꿀꺽!

먹는 순간 바로 알겠다.

한평생을 독과 약을 다루며 살아온 무인인지라 모를 수가 없다.

그물처럼 뻗어 있는 정경(正經), 기경(奇經), 경별(經別), 별락(別絡), 손락(孫絡), 부락(浮絡)이 온통 펄펄 끓는 용암으로 채워지는 듯하다.

종으로 뻗어 있는 경맥(經脈)과 횡으로 뻗어 있는 낙맥(絡脈)들이 동시에 미친 듯이 진동하고 있었다.

천기단의 겉표면 일부가 아주 살짝, 극히 미세하게 녹아서 몸에 흡수되었을 뿐이거늘 벌써 이러한 조화가 일어나는 것이다.

당예짐은 타들어가는 듯 뜨거운 기운이 입과 목구멍을 지나 배 속 깊숙이 파고드는 것을 느끼며 광소를 터트렸다.

"호호호호- 드디어 이 힘이 내 것이 되었구나!"

천기단의 효능과 복용 방법에 대해서는 이미 철저하게 분석해 놓았다.

그녀는 앞으로 무슨 일이 일어날지, 그것들에 어떻게 대처해야 할지 모든 수단과 방법을 강구해 놓은 상태였다.

'앞으로 한 일주일 정도는 폭주할 거야. 그리고 폭주가 끝나는 지점에서 운기조식을 취해야겠지. 미리 그곳에 대기시켜 놓은 부하들이 호법을 설 것이고, 어느 정도 내기가 갈무리되면 운남 쪽에 마련해 놓은 은신처로 피신해야지. 그 뒤 넉넉잡고 삼 년이면 충분하다. 천기단의 힘을 완벽하게 흡수한다면 나는 오독공을 대성할 수 있을 것이고 명실공히 천하제일인이 될…….'

그때.

…콰쾅!

입구 쪽의 기관진식이 부서지며 누군가가 당예짐의 발치로 굴러떨어졌다.

당미호. 그녀가 피투성이가 된 채 당예짐의 발목을 잡고 있었다.

"아, 아가씨……."

그녀는 순간적이긴 하나 당무상을 저지했다.

당예짐은 그 틈을 노려 천기단을 복용할 수 있었고 말이다.

하지만.

임무를 다 마친 사냥개를 내려다보는 주인의 시선은 여전히 싸늘하기만 했다.

"고생 많았다."

"가, 감사합니다 아가씨. 치, 치료를……."

"이제 그만 죽어도 좋아."

"……?"

당미호는 순간 자신의 귀를 의심했다.

그녀가 어리둥절한 표정으로 고개를 들어 올리는 순간.

퍼-억!

당예짐의 발길질이 그녀의 허리를 걷어 내질렀다.

"커헉!?"

당미호는 그대로 날아가 벽에 부딪쳤다.

당예짐은 그런 당미호를 보며 비릿하게 미소 지었다.

"쓸모없는 년."

"……!"

"네년이 아주 오래전부터 나를 끈적한 눈깔로 보고 있다는 건 알았지. 감히 어디서 더러운 육욕을 품어?"

"아, 아가씨, 저, 저, 저는 그저……."

당미호는 말을 끝까지 할 기회조차 얻지 못했다.

콰—직!

당예짐은 당미호의 목을 발로 짓밟았다.

당미호는 비명조차 지르지 못한 채 거꾸러졌고 당예짐은 마치 쓰레기를 밟고 가듯 그대로 출구를 향해 뛰쳐나갔다.

…후욱!

넘실거리는 독무 바깥으로 나오자마자 보인 것은 녹빛의 거대한 손바닥이었다.

"……!"

당예짐은 두 손을 뻗어 공격을 막아 냈다.

콰쾅! 우지지지지지지직!

당무상이 미간을 잔뜩 찌푸린 채 그녀의 앞을 가로막고 있었다.

"내가 너를 그냥 도망치게 놔둘 것이라고 생각하느냐?"

"그래. 아버지가 있었지. 가장 큰 변수. 당신만 없었다면 그냥 이대로 쭉 달려 나가면 그만인 것을."

"지금이라도 투항해라. 그렇다면 사지가 찢겨 죽는 결말만은 면할 수 있을 것이야."

"내가 왜? 앞으로 삼 년만 있으면 전 무림이 내 발아래 놓이게 될 텐데?"

"예짐아. 이 애비가 손을 쓴다면 너는 삼 년은커녕 삼 각도 채 살 수 없을 것이다."

"과연 그럴까?"

동시에, 당예짐의 두 눈에서 검록색의 빛이 폭사되었다.

콰—콰콰콰콰콰쾅!

그녀의 손바닥에서 뻗어 나온 독기가 천천상단이 쌓아 놓은 약재 궤짝들을 집어삼켰다.

동시에.

퍼퍼퍼퍼퍼퍼퍼퍼퍼퍼펑!

당예짐이 미리 배열해 놓은 대로, 독과 약의 기운들이 뒤섞이며 그 혼탁한 기운이 천지를 뒤덮어 버릴 듯 불어나기 시작했다.

"……!"

당무상은 눈살을 찡그렸다.

"내공을 흩어 버리고 호흡기를 마비시키는 산공독이로군."

"호호호— 맞아. 이 양이면 등천학관 전체를 완전히 뒤덮어 버리고도 남겠지."

당예짐은 이미 대규모의 생화학 함정을 준비해 놓았다.

등천학관의 중심부, 약재 보관소에서 시작된 광역 독무는 이제 곧 바람을 타고 학관 전역으로 퍼져 나갈 것이다.

그렇게 되면 아무것도 모르는 교직원들이나 생도들은 내공을 쓰지 못하게 된 상태에서 호흡이 막혀 질식해 죽을 수밖에 없다.

내공을 쓰지 못하면 경공을 사용할 수 없고, 경공을 사용하지 못한다면 드넓고 광활한 오염 지대를 벗어나기 전에 호흡곤란이 오기 때문이다.

당예짐은 당무상을 보며 비웃었다.

"사천당가의 잘못으로 인해 앞날이 창창한 생도들이 떼죽음을 당하겠지?"

"……."

"그럼 하루아침에 아들딸을 잃게 된 다른 가문들이 가만있을까? 천문학적인 배상금은 물론이요 복수를 갚겠다며 다들 칼을 뽑아 들겠지. 십 년 봉문으로 그칠까? 아니면, 백 년? 아니, 아니야. 그 정도면 당가가 멸족당해도 할 말이 없을걸?"

당예짐은 거사를 벌이기 전에 모든 환경적 요인들을 철저하게 계산해 둔 바 있었다.

이 날씨에 이 풍향, 이 풍속, 이 습도, 이 지형이라면 독무는 반 시진 안에 등천학관의 중심부를 완전히 잠식하고 더나아가 부지 전체를 뒤덮을 것이다.

그리고 한 시진이 지나게 된다면 등천학관 근처에 있는 민가들까지도 모조리 초토화시킬 것이 분명했다.

당예짐은 대놓고 비웃었다.

"호호호- 나는 등천학관 출신이라서 이곳의 지리와 구조, 생도들 수준에 대해서 잘 알지."

"……."

"새내기 생도들은 대부분 죽거나 폐인이 될 거고 상급 생도들은 잘하면 신체 어디가 불구되는 정도로 끝나겠지. 일반인들이야 뭐 당연히 몰살이고."

"……."

"당무상. 당신은 신의라면서? 의원으로서 어떠한 결정을 내려야 하는지는 본인이 제일 잘 알 거야. 단순히 눈앞의 악적 한 명을 처단하는 것이 먼저일까? 아니면 무고한 군중들의 목숨을 한 명이라도 더 살리는 것이 먼저일까?"

당예짐의 말에 당무상은 입술을 깨물었다.

눈앞의 딸, 아니 흉수(兇手)는 더 이상의 추가적인 피해 없이 그저 제 한 목숨을 건져 도망가기만을 원하고 있다.

이 한 몸 바쳐 흉수를 잡자니 그동안 독무에 중독되어 죽어 나갈 무고한 생명들이 걱정이다.

그리고 무고한 생명들이 죽어 사라진 다음에는?

그 무지막지한 목숨값을 어찌 갚을 수 있다는 말인가?

가문이 파산하거나 봉문하는 정도로는 절대 끝낼 수 없을 것이 분명했다.

당예짐은 그 사실을 잘 알고 있기에 당무상을 향해 여유롭게 웃어 보일 수 있는 것이다.

"당신은 가주(家主)이고 의원(醫員)이잖아, 아버지. 어느 쪽을 택해야 할지, 딱 봐도 답이 나오지?"

"……."

"최대한 빨리 튀어나가서 독무를 걷어 내고 환자들을 살리라고. 그리고 나중에 천기단 손실에 대한 배상금만 지불해. 그편이 훨씬 싸게 먹힐 테니까."

말을 마친 당예짐은 재빨리 몸을 움직였다.

당무상은 그저 가만히 서 있을 뿐이다.

그것을 본 당예짐은 속으로 쾌재를 불렀다.

'됐다!'

당무상의 발을 묶어 놓는 것에 성공했으니 이제 더 이상 장애물은 없다.

당해아 따위는 천기단을 먹기 전에도 자신의 상대가 아니었고, 등천학관에 포진되어 있는 고수들은 죄다 산공독에 당해서 정신없을 것이다.

게다가 당가의 파견단은 애초부터 극비리에 방문했기에 이 사고가 왜 터진 것인지 아는 이들은 전무하다시피 하다.

즉, 당예짐은 지금부터 그 누구의 방해도 없이 등천학관의 담장을 넘어 도망칠 수 있다는 뜻이었다.

'……바깥에 수하들을 대기시켜 두길 잘했군.'

얼마 전 당삼랑을 찾아갔던 수하들이 의문의 떼죽음을 당하지만 않았어도 인력 운용이 조금은 더 수월했을 텐데, 이 점은 살짝 아쉬운 일이었다.

'당삼랑. 그놈은 제법 쓸 만한 패가 될 줄 알았는데. 내가

당가를 비울 삼 년의 시간 동안 허수아비 가주로 세워 놓으려 했거늘.'

하지만 지금에 와서는 별로 아깝지도 않다.

그토록 원하던 천기단을 얻었으니 말이다.

당예짐은 쏜살같이 발을 뻗었고 그대로 약재 보관소를 벗어나려 했다.

바로 그때.

…후욱!

자욱한 독무를 헤치며, 커다란 녹빛 손바닥이 당예짐의 등짝을 후려갈겼다.

우지끈!

척추가 부러지는 듯한 통증을 느낀 당예짐이 황급히 고개를 돌렸다.

"……!"

놀랍게도, 그곳에는 당무상이 따라붙고 있었다.

당예짐은 저도 모르게 욕설을 내뱉었다.

"이런 미친, 왜 나를 따라와!? 그리고도 당신이 가주이자 의원이야!?"

"……흐음. 이 아비의 생각에는."

당무상은 눈 깜짝할 사이에 당예짐의 앞을 가로막았다.

그리고 커다란 손바닥을 들어 올려 그녀의 뺨을 후려갈겼다.

"전체적으로 보면 이 자리에서 너를 미리 잡아 죽이는 것이 더 이로울 것 같구나."

그 말을 듣는 순간.

오싹……

천하의 당예짐 역시도 소름이 끼쳐 오는 것을 느꼈다.

당무상은 장차 거악(巨惡)으로 자라날 것 같은 딸의 싹 뿌리를 뽑아 놓으려 하고 있었다.

사천당가 전체와 등천학관 전체의 생명들을 모조리 희생시키는 한이 있더라도 말이다.

꽈드득―

당무상은 당예짐의 목을 틀어쥐며 입을 열었다.

"차라리 사천당가가 멸족당하는 것이 낫지. 너 같은 무시무시한 마두를 세상에 풀어 놓는 것보다는 말이야."

"……!"

당예짐의 안색이 하얗게 질렸다.

당무상은 합리적인 인간이라고 생각했는데, 알고 보니 생각했던 것보다도 훨씬 더 합리적인 인간이었다.

너무나도 합리적이라서 광인이 아닐까 싶을 정도로.

'이 집안 새끼들은 역시 다 미쳤어! 미친놈들뿐이라고!'

당예짐은 입을 뻐끔거리며 당무상의 손을 뿌리치려 했다.

설마 자신의 목숨과 식솔들 전체의 목숨까지 포기해 가면서 미래의 거악을 뿌리 뽑으려 할 줄이야.

'큰일 났다. 이렇게 되면······.'

당예짐이 깨문 입술에서 핏물이 흘러나온다.

···퍼억!

그녀는 온 힘을 다해 당무상의 가슴팍을 걷어찼다.

그러고는 아직 사 성까지밖에 익히지 못한 오독공을 오 성
까지 끌어올렸다.

"힘으로라도 뚫고 나간다!"

천기단의 기운이 폭주하며 당예짐의 내력이 몇 배로 증가
했다.

그녀는 곧바로 구환살(九幻殺)을 펼쳤다.

당가 암기술의 가장 기본적인 형태 구환살.

아홉 개의 뾰창이 주변의 모든 것들을 찢어발기며 쇄도했
다.

···촤촤촤촤촤촤촤촤촥!

아홉 개의 뾰창은 넘실거리는 독무 사이로 각자 수없이 많
은 잔상을 만들어 낸다.

그 수는 자그마치 아흔아홉 개에 이르렀다.

구환살이 아니라 구십구환살(九十九幻殺).

구환살의 극의(極意)가 오독의 묘리와 천기단의 내력을 담
은 채 터져 나왔다.

"어림없는 짓."

당무상 역시도 독기와 내력을 끌어올려 당예짐의 구십구

환살에 맞섰다.

극성의 도반삼양귀원공(導反三陽歸元功)을 바탕으로 끌어올린 내력을 손바닥에 담아 펼치는 초극성의 적련신장(赤練神掌).

천고영약(千古靈藥)을 먹고 폭주하는 당예짐과 사천당가의 가주 당무상이 자욱한 독무 속에서 맞부딪친다.

…콰쾅!

누가 지고, 누가 이기든 간에 정도에 큰 파장을 몰고 올 격돌이었다.

당가본색(唐家本色)

　전대미문의 재앙이 등천학관을 덮쳤다.

　자욱하게 퍼지는 녹색 연기는 점차 색을 잃어 가고 있었으나 그 독성만큼은 여전했다.

　무색, 무취, 무미의 독무.

　그것은 학관 중심부에서 점차 외곽으로 덩치를 불려 나가고 있었다.

　"……?"

　"뭐야 이게?"

　"헉……? 수, 숨이!?"

　기숙사 안에서 자고 있던 생도들은 갑자기 날벼락을 맞았다.

이 역시도 밤 늦게까지 공부를 하거나 개인 작업을 하던 소수의 생도들 몇몇에 의해 가까스로 발견된 것이었다.

"독이다! 다, 다들 빨리 일어나!"

"뭐? 불이라고?"

"불이 아니라 독이야! 누가 독을 풀었어! 빨리 나가야 돼!"

"자는 사람들 다 깨워! 작업실 문 열고 다들 끄집어내!"

독안개를 들이마신 생도들은 내공을 쓰지 못하는 몸이 된 채로 호흡곤란에 시달려야 했다.

아직 중독되지 않은 이들, 혹은 덜 중독된 이들은 심하게 중독된 이들을 들쳐 업고 재빨리 오염지대를 벗어나 의원으로 향했다.

길거리 곳곳에 쓰러진 이들이 있었고 그런 이들을 부축하거나 업고 달리는 이들로 거리는 온통 분주했다.

기나긴 등천학관의 역사상 다시없을 대참사의 서막이 올라가고 있었다.

호예양.

그녀는 밤에 홀로 연무장에 남아 도를 휘두르고 있었다.

무아지경에 빠져 칼춤을 추고 있노라면 세상사 복잡한 번뇌들을 모두 잊게 된다.

가문을 일으키겠다는 의지.

친구들과의 경쟁에서 승리하고 싶다는 승부욕.

한 사람의 무인으로서 더 높은 경지에 오르고 싶다는 향상심.

이 모든 것들에서 한 발자국 더 나아가, 세상에 꼭 필요한 사람이 되고 싶다는 신념.

이 모든 것들이 호예양을 담금질하여 철인(鐵人)으로 만드는 요인들이었다.

……하지만.

그렇게 심지가 곧고 강한 호예양조차도 가끔씩 물렁물렁해지는 순간이 있었다.

무아지경의 담금질 중 잠시 찾아온 딴생각.

단단한 강철이 물러지는 아주 찰나의 순간.

'그러고 보니 복덩이 씨는 어디서 뭘 하고 있을까?'

처음이자 마지막으로 했던 입맞춤.

생애를 통틀어 남자와 그렇게 가까이 붙어 있었던 적은 처음이었다.

꽃 피는 봄이라서 그런가, 요즘은 이런 잡생각이 시도 때도 없이 든다.

그럴 때마다 호예양은 고개를 흔들어 상념을 털어 내려 했지만…… 사람의 뇌는 본디 부정형 생각을 하지 못하는 법.

'사과를 생각하지 말아라'라는 말을 듣고 사과를 생각하지 않는 것은 불가능하다.

그래서 호예양은 '그'에 대한 생각을 하지 않으려고 하면 할수록 점점 더 그 생각을 많이 하게 되었다.

"아우! 요즘 왜 이래! 꿈에서도 나오더니 수련 도중에도 자꾸만…… 응?"

순간. 호예양의 표정이 급변했다.

연무장 주변으로 넘실거리고 있는 녹색의 안개.

그것은 마치 구천을 떠도는 망령들처럼 끈적하게 늘어지며 호예양을 향해 기어오고 있다.

쉬익―

호예양은 도기를 일으켜 독무를 베어 내 보았다.

하지만 독은 도기를 산산히 흩어 버렸고 더더욱 기세 좋게 몸을 부풀렸다.

'위험하다.'

오성이 뛰어난 호예양은 곧바로 뒤돌아 뛰었다.

만약 조금만 늦게 저 독무를 발견했다면 꼼짝없이 포위당했을 것이다.

어떻게 보면 '그'를 향한 찰나의 딴생각이 평소의 신념에 침투하여 약간의 여유를 만들어 주었기에 발견할 수 있었던 일이기도 했다.

바로 그 순간.

"……!"

호예양은 움직이다 말고 제자리에 멈춰 섰다.

독무 안쪽에 사람 두 명이 쓰러져 있는 것이 보인다.

보아하니 생도는 아니고, 연무장을 관리하는 직원들인 듯했다.

호예양은 망설였다.

자신과 아무 상관도 없는 이들을 구하려다가 위험에 빠질 것이냐.

아니면 그냥 못 본 체하고 살길을 찾아 달려 나갈 것이냐.

"……."

선택지 사이에서 고민하는 시간은 짧았다.

무(武)로써 협(俠)을 행하는 것이 무협이다.

둘 중 어느 하나라도 빠진다면 그것은 무협이 아닌 것이다.

'정도를 지키고 질서를 수호하기 위해 기른 힘이야. 이럴 때 내빼는 것은 목적전도(目的顚倒)다.'

호예양은 거침없이 칼을 휘둘러 독무를 갈라 버렸다.

그리고 그 사이로 난 틈을 파고들어 쓰러진 두 명을 들쳐 업었다.

바로 그 순간.

"……!"

호예양은 두 눈을 크게 뜰 수밖에 없었다.

쓰러져 있는 두 명의 너머, 연무장 저편에 쓰러져 있는 수

십, 수백 명의 사람들이 눈에 들어왔기 때문이다.

'이런!'

호예양의 동공이 흔들렸다.

혼자의 힘으로는 저기 있는 사람들을 다 구할 수 없다.

하지만 저리 많은 사람들을 독무 속에 내버려둔 채 몸을 돌리자니 차마 발이 떨어지지 않는다.

평소 자신을 냉정하고 이성적인 사람이라고 생각해 온 그녀였지만, 막상 이런 전대미문의 대참사를 눈앞에 두니 사고의 흐름이 마비되기 시작했다.

······할 수 있는 것만 한다.

······미련이 남지 않게끔 최선을 다한다.

······참사가 일어나 사람들이 죽은 것은 내 탓이 아니다.

막상 참사 현장의 분위기를 실제로 마주하게 된다면 이렇게 생각한다는 것이 불가능해진다는 것을 호예양은 이번에 깨달았다.

'아아······.'

한없이 작고 무력한 존재.

거대하게 넘실거리는 독무의 장막 앞에서 그녀는 길 잃은 새끼고양이나 다름없었다.

바로 그 순간.

"뭐 해!? 뛰어!"

독무의 한 구석이 터져 나가며 누군가의 신형이 나타났다.

남궁율. 그녀는 창백한 안색으로 숨을 몰아쉬고 있었다.

등에는 정신을 잃은 일 계급 생도 두 명을 들쳐 업은 채였다.

쌔애애애액!

그녀의 칼은 눈앞에 있던 독무들을 베어 내고 그 사이로 한 줄기 활로를 틔웠다.

"가자!"

"네, 언니!"

남궁율과 호예양은 사람들을 들쳐 업고 뛰었다.

둘은 생존자들을 멀찍이 떨어진 공터에 옮겨 놓고, 또 다른 사람들을 공터에 옮겨 놓고, 이 작업을 반복했다.

하지만 독무는 그러는 동안에도 계속해서 불어나고 있었다.

그때.

"조심하세요!"

또 하나의 바람이 독무를 차단했다.

사마여리.

그녀가 엄청난 속도로 달려와 독무들을 걷어 냈다.

휘이이이이잉!

사마여리가 펼치는 경공술은 주변으로 엄청난 세기의 바람을 일으켜 독무들을 반대편으로 날려 보내고 있었다.

"여리야!"

"와 줬구나."

남궁율과 호예양, 그리고 사마여리가 한곳에 모였다.

그녀들은 이를 악물고 피해자들을 안전한 장소로 옮겼다.

……하지만.

상황은 점점 더 나빠지고 있었다.

"큭큭큭- 쓸데없는 짓거리는 그만두는 편이 나을 것이다."

"이쪽은 교주님이 오실 길이니 꺼져라."

"어차피 네놈들은 모두 죽은 목숨이야."

오독교의 독인들이 모습을 드러낸 것이다.

"……."

"……."

"……."

호예양, 남궁율, 사마여리의 표정이 굳었다.

한눈에 봐도 알 수 있었다.

눈앞의 저 남자들이 이번 사태의 원흉이라는 것을.

"하앗!"

남궁율이 제일 먼저 검을 휘둘렀다.

남궁세가의 창궁무애검법이 독인들을 향해 쇄도했다.

곧이어 호예양 역시도 도를 휘둘렀다.

사마여리 또한 창을 잡고 독인들을 향해 찔렀다.

그러나.

"젖비린내 나는 것들이!"

독인들은 하나하나가 강력한 독장을 뻗어 내고 있었다.

세 여자는 독인들이 뿜어내는 지독한 독기와 묵직한 내력 앞에 가로막혔다.

싸우자니 질 것이 뻔하고, 도망가자니 피해자들이 걸린다. 그야말로 진퇴양난의 상황이었다.

바로 그때.

뻐-억!

독인 하나의 머리통이 터져 나갔다.

"……!"

호예양, 남궁율, 사마여리가 고개를 든 곳에 새로운 얼굴 하나가 나타났다.

"어서 가라."

구예림. 그녀가 붉은색 타구봉을 든 채 독인들을 막아서고 있었다.

세 여자는 구예림을 보며 말했다.

"저희도 돕겠습니다."

"……잔류하려면 빨리빨리 움직여야 한다. 이건 실전이야."

구예림의 상황 판단은 빠르다.

지금은 고양이 손이라도 빌려야 할 때기에 자발적으로 도와주겠다고 나서는 생도들을 뿌리칠 여유가 없었다.

이윽고, 전세가 뒤바뀌었다.

절정고수인 구예림이 합류하자 오독교의 독인들이 뒤로 밀리기 시작했다.

"너희들은 여기서 죽는다. 그리고 너희들의 수장도 곧 그렇게 될 것이다."

구예림의 날카로운 눈빛을 맞받아야 하는 독인들은 점차 초조해하고 있었다.

"……어쩔 수 없군."

"교주님을 위해서라면야."

"다들 '그걸' 쓰자고."

독인들은 서로 눈빛을 교환했다.

그리고 이내.

독인들은 최후의 패를 꺼내 들었다.

'짐육재조아도불식공(鴆肉在俎餓徒不食工)'.

스스로 소화할 수 없을 정도로 강력한 독기를 체내로 폭주시켜 모든 무공의 힘을 일시적으로 배가시키는 마공.

결국에는 자신의 육신을 포함하여 주변의 십수 장을 완전히 초토화시켜 버리는 자폭수였다.

독인 하나가 숨을 들이마시는가 싶더니 이내 엄청난 양의 피를 토해 냈다.

그리고 이내 몸 전체가 크게 부풀어 오르기 시작했다.

"그아아아악!"

"끼에에에에에엑!"

"갸-아아아아아아악!"

나머지 독인들 역시도 마찬가지였다.

"모두 물러나!"

구예림이 앞으로 나섰다.

하지만 호예양, 남궁율, 사마여리 역시도 물러나지 않았다.

그녀들이 물러나면 뒤에 쓰러져 있는 희생자들이 폭발의 희생양이 되기 때문이다.

"교관님 혼자 감당하시게 둘 수는 없습니다!"

"이럴 때 물러나라고 배우지는 않았거든요."

"으아아아…… 저, 저도요!"

구예림은 그런 생도들을 돌아보며 이를 악물었다.

"너희들…….."

최후의 순간, 그녀들은 무엇을 생각하고 있을까?

호예양, 남궁율, 사마여리, 그리고 구예림은 눈앞에서 부풀어 오르는 인간폭탄들을 보며 이것이 마지막임을 직감했다.

"오독(五毒)을 두려워할지어다!"

이윽고, 독인들의 몸은 인간이라고 할 수 없을 정도로 거대하게 부풀어 올랐다.

……바로 그 순간.

"지껍다고 했을 텐데."

호예양, 남궁율, 사마여리, 구예림은 독인들의 뒤쪽에서 들려오는 목소리 하나를 들었다.

극도로 무미건조하며 낮고 탁한 저음의 음성.

이윽고, 한 남자가 독인들의 위로 그림자를 드리웠다.

자욱하게 낀 독무와 독인들이 내뿜는 내력의 아지랑이 때문에 그의 얼굴은 자세히 보이지 않았다.

그러나.

"……!"

"……!"

"……!"

"……!"

마지막을 직감하고 있던 네 여자는 보았다.

넘실거리는 독무 너머.

환영 같기도 하고 실제 같기도 한.

자기가 그토록 보고 싶어 했던 이의 얼굴을.

일그러지고 비틀리는 안개 때문에 잘 보이지 않았지만 느껴지는 기운만은 너무나도 익숙한 것이었다.

…콰콰콰콰콱!

사내는 잠사로 된 올가미를 독인들의 목에 걸고는 눈 깜짝할 사이에 위로 솟구쳤다.

"게에에에에에엑!?"

독인들은 팔다리를 버둥거렸으나 비대하게 부풀어 오른 몸뚱이 때문에 목에 걸린 올가미를 풀 수 없었다.

이윽고.

콰-쾅!

허공으로 끌려 올라간 독인들은 아무것도 없는 허공에서 연쇄적으로 폭발해 버렸다.

일순간 강력하게 퍼진 독기에 의해 네 여자는 시야가 흐려지는 것을 느꼈다.

하지만 어찌 된 영문인지, 폭발의 바로 아래에 있던 그녀들은 중독되지 않았다.

"......?"

"......?"

"......?"

"......?"

그녀들의 머리 위에는 정체를 알 수 없는 검은 가루들이 마치 커다란 혓바닥처럼 응집해 들고 있었던 것이다.

ㅊㅊㅊㅊㅊㅊㅊ......

떨어져 내리는 독 파편들을 낼름낼름 모조리 받아먹는 듯한 혓바닥의 형상.

마치 곰팡이의 포자나 버섯의 균, 이끼의 가루와도 같은 이 검은 분진들은 천천히 녹색 독무를 밀어냈고 네 여자는 그 틈을 타서 뒤로 물러날 수 있었다.

사—사사사사사사사사삭—

이윽고, 검은 포자들은 사내가 사라진 방향으로 흘러갔다.

마치 사냥개가 주인을 쫓아가는 듯한 움직임이었다.

그리고 촉이 좋은 네 여자는 본능적으로 알 수 있었다.

그 누구도 손을 쓸 수 없는 대참사 속에 등장한 협객. 영웅.

그녀들이 늘 일상 속에서 생각하곤 하던 '그 남자'가 나타났음을.

추이는 당해아를 적당한 곳에 내버렸다.

'백 년에 한 번 나올까 말까 한다는 독인지체라니 독무 속에서 질식해 죽지는 않겠지.'

기절한 당해아를 적당한 곳에 숨겨 놓은 뒤, 추이는 곧장 당삼랑의 면구를 벗고 서문경의 면구로 바꿔 썼다.

이제부터 추이는 사천당가의 얼뜨기 당삼랑이 아니라 등천학관의 부교관 서문경이다.

츠츠츠츠츠츠츠츠츠……

추이는 넓게 펼쳐 놓은 기감에 걸려든 감각들을 하나하나 분류했다.

거의 대부분은 등천학관의 드넓은 부지 곳곳에 뿌려 놓은 나락설태가 보내오는 반응들이었다.

나락설태는 당예짐이 뿌려 놓은 막대한 양의 독을 집어삼키며 덩치를 불려 나가는 중이었다.

추이는 등천학관의 비상구 길목들마다 나락설태의 포자를 뿌려 놓았고 그것들은 훌륭히 성장하여 독무의 확산을 막아 내고 있었다.

하늘과 땅 곳곳에서 검은색 안개와 녹색 안개가 부딪치며 힘겨루기를 하고 있는 것은 바로 그 때문이다.

'……상당히 유용하군.'

추이는 저 멀리 지평선 너머에서 독안개를 잡아먹고 있는 나락설태를 보며 고개를 끄덕였다.

나락설태는 먹으라고 한 것만 먹고 먹지 말라고 한 것은 먹지 않는다.

어느 정도 지성이 있는 것인지, 아니면 추이의 명령에만 무지성으로 복종하는 것인지는 알 수 없었지만 말이다.

'일단 급한 불은 껐다.'

인구가 밀집되어 있어서 가장 피해가 클 만한 곳은 모두 나락설태로 방어벽을 만들어 놓았다.

등천학관에 있는 후기지수들은 장차 성장하여 정도무림의 영웅이 될 이들.

하나하나가 혈교의 걸림돌이 되어 줄 패들이니 하나라도 더 지켜야 했다.

'본격적인 싸움에 들어가기 전에 한번쯤 근처를 돌아보는 것도 나쁘지 않겠군.'

아직 천기단을 손에 넣기엔 이르다.

천기단은 지고의 영약인 동시에 무시무시한 독단이기도 하다.

천하의 창귀칭조차도 천기단의 힘을 온전히 감당하는 것은 무리였다.

아직 육혼의 벽을 뚫지 못한 추이가 천기단을 생으로 먹었다가는 아마 배 속에서 끔찍한 탈이 날 것이 분명하기에, 추이는 조금 다른 방법으로 천기단을 섭취하려 하고 있었다.

'그러기 위해서는 일단 당예짐이 천기단을 먹어야 한다.'

그때까지는 당예짐을 건드려서는 안 된다.

오히려 가만히 놔두는 편이 나았다.

추이는 누각 지붕을 밟고 뛰어오르며 생각했다.

'당예짐. 오독교의 교주. 이번에는 그녀를 철저히 이용해야 한다.'

오독교(五毒敎).

추이는 회귀 전의 그들을 머릿속에 떠올렸다.

본디 사천당가 내의 강경파였던 존재들.

그들은 오래전, 사천당가가 약과 의술이 아닌 독과 암살술로 이름을 떨치던 시절을 그리워하던 이들이다.

그들은 명맥이 끊겨 실전되었던 사천당가의 반인륜적이고

끔찍한 맹독들을 되살려냈고, 그것을 바탕으로 가문 내부에 비밀스러운 교단을 창설했다.

이후 남만과 운남의 소수 부족들을 학살하고 그들의 용독술을 빼앗으며, 교단은 사천당가 전체를 잠식해 버릴 정도로 강성해진다.

사천당가의 수뇌부들이 오독교의 존재를 눈치챘을 때는 이미 늦은 뒤였다.

오독교는 사천당가의 모든 기반들을 훔친 뒤 내전을 일으켰고 이로 인해 사천당가는 완전히 쇠락하여 변방의 작은 소가문으로 전락해 버리게 된다.

……그리고.

독립한 오독교의 뒤에는 처음부터 혈마 홍공이 있었다.

오독교의 교주는 혈마 홍공에게 조언이나 몇 마디 듣는 정도였으나, 시간이 지날수록 차츰차츰 홍공에게 감화되어 나중에는 오독교 전체를 혈교에 가져다 바치고 그 대가로 혈교의 사천지부장(四川支部長)이라는 직위를 얻게 된다.

나락곡의 북궁설과 비슷한 경우였다.

그들의 결말은.

'……나한테 몰살당했지.'

먼 훗날, 홍공이 죽기 전에 뿌려 놓았던 모든 씨앗들을 박멸하겠다고 마음먹은 추이에 의해 오독교는 역사에서 완전히 사라지게 된다.

당시의 추이는 창 한 자루를 들고 오독교의 잔당들을 모조리 말살했는데, 이 과정에서 추이는 잠시지만 '창왕(槍王)'이라는 별호로 불리기도 했었다.

　'물론 그 과정에서 몇 번이나 죽을 고비를 넘겼었고.'

　암기술이나 기관진식, 주변의 공기를 말려 버리는 독들은 만독불침의 육체를 가진 추이에게도 충분히 위험한 것이었다.

　오독교의 지부들을 하나하나 지도에서 지워 가는 동안 추이는 전신에 화상을 입었고, 전장에서 잘렸다가 겨우 붙였던 손가락들을 또 잘려야 했으며, 왼쪽 뒤꿈치의 힘줄이 끊겼고, 하나의 귀와 하나의 눈을 잃어야 했다.

　'……이번에는 그런 대가를 치르지 않아도 되겠지.'

　기억 속의 오독교인들은 정말로 지독하고 끈질긴 존재들이었다.

　죽기 직전까지 온갖 종류의 독공과 마공을 흩뿌렸고, 각종 교활한 암기에 함정들로 무장했으며, 마지막으로 꼭 죽기 전에 자폭을 해 대는 통에 아무리 약한 졸개라고 해도 방심할 수가 없었다.

　……하지만 지금의 오독교는 어떤가?

　회귀하기 전에 만났던 광인, 독종, 미치광이들에 비하면 아직은 어딘가 어설픈 것들뿐이다.

　'몰살시키려면 지금이 적기다.'

삭주굴근(削柱掘根). 애초에 싹을 뽑아 버린다.

나중에 거목이 되면 베는 것조차 힘들어질 테니 지금 뿌리째 들어내 말려 죽여야 하는 것이다.

콰콰콰콰콱!

추이는 등천학관 곳곳을 돌아다니며 잠사로 된 올가미를 뿌렸다.

오독교인들은 목을 휘감아 조이는 잠사를 끊어 내려 했지만.

"……어억!?"

"뭐야! 안 끊겨!?"

"내공이 안 통한다 이거!"

추이가 던진 잠사 올가미는 절대 끊어지지 않았다.

천등승(千藤繩). 창마 구강호를 죽이고 얻은 기물이 빛을 발하고 있었다.

…우드득! 뿌득! 뿌드득! 뚜—욱!

추이가 손을 휘둘러 올가미들을 잡아당길 때마다 수많은 오독교인들의 목뼈가 부러졌다.

몇몇 독인들은 추이를 둘러싸고 과감하게 자폭을 시도했으나.

퍼퍼퍼퍽!

대부분 접근하기도 전에 매화귀창의 먹잇감이 되어 바닥을 나뒹굴어야 했다.

츠츠츠츠츠츠츠츠츠......

그러는 동안에도 추이는 차근차근 오독교인들의 창귀를 흡수하고 있었다.

바로 그때.

"......?"

약재 보관소를 향해 돌아가던 추이의 발걸음이 잠시 멎었다.

"......!"

지평선 저 너머에 묘한 것이 하나 보인다.

추이는 육층 누각의 지붕 처마 끝에 선 채 감각의 정밀도를 극한까지 끌어올렸다.

기숙사동의 후문.

그곳에는 낯익은 얼굴의 여인 하나가 보였다.

분명 처음 보는 낯이지만 어딘가 익숙한 느낌.

그녀는 소복과도 같은 하얀 백의를 입은 채 검은 철선(鐵扇)을 휘두르고 있었다.

부우웅―

쇳덩이로 된 선골(扇骨)들을 촘촘하게 이어 붙여 만들어 놓은 쇠부채.

그녀는 부채를 휘두르며 내공을 일으켜 거센 바람을 만들어 낸다.

퍼―엉!

쇠부채에서 쏘아져 나온 바람이 녹색 안개를 모조리 걷어내고 있었다.

아무래도 기숙사 건물로 들어오는 독무를 막고 싶은 모양.

휘익– 탁!

추이는 곧바로 그녀의 머리 위로 뛰어내렸다.

"……!"

순간, 추이의 존재를 눈치챈 그녀의 두 눈이 휘둥그레졌다.

두 개의 철선 중 하나가 거대한 월아산(月牙鏟)의 날 모양으로 펼쳐졌다.

그리고 나머지 철선 하나는 살이 접혀서 쇠몽둥이의 형상이 되었다.

콰–쾅!

두 개의 쇠부채와 추이의 창날이 맞부딪쳤다.

묵직하게 되돌아오는 반탄강(反彈罡)을 느끼며, 추이는 확신을 담아 말했다.

"오랜만이군. 백면서생."

"……."

추이를 눈앞에 둔 백면서생은 갸름한 턱선 끝에서 식은땀 한 방울을 떨궜다.

어떻게 남자에서 여자로 변한 것인지는 모르겠지만, 사냥꾼에게 있어서 사냥감의 성별은 대체로 별로 중요한 취급을 받지 못한다.

…쫘악!

추이는 창을 쥔 채 백면서생과의 거리를 가늠했다.

상대는 자신의 생가죽을 찢어내고 도망칠 정도로 독한 싸움꾼이다.

더군다나 동창(東廠) 출신인지라 창귀칭의 독도 통하지 않는다.

'처음부터 전력을 다해야겠군.'

추이는 살기를 뿜어냈다.

전에 백면서생과 붙었을 때에는 불과 이올의 육 층계에 불과한 실력이었으나, 지금 추이의 경지는 이올의 십 층계를 대성하고 육혼의 관문을 코앞에 두고 있는 상태였다.

추이는 눈 깜짝할 사이에 거리를 좁혔고 창으로 백면서생을 찔렀다.

"……!?"

백면서생은 전과는 비교조차 할 수 없게 빨라진 추이의 창을 미처 막아 내지 못했다.

쩡! 퍼-억!

추이의 창이 쇠부채의 한쪽 살을 부수며 쑤욱 들어왔고 그대로 백면서생의 어깻죽지를 찔렀다.

공교롭게도, 예전에 한 번 찔렸던 곳이었다.

"크윽!"

백면서생은 쇠부채로 추이의 창을 쳐 냈으나, 추이는 이미 백면서생의 멱살을 틀어쥐고 있었다.

스윽―

반대편 손에 쇠망치를 든 채로 말이다.

"뒈져라."

추이는 그대로 망치를 내리찍어 백면서생의 두개골을 부쉬 버리려 했다.

그때.

"그, 그만! 잠깐만!"

백면서생이 다급한 어조로 외쳤다.

"잠깐이 어딨어."

추이는 망치로 백면서생의 머리통을 한 번 내리찍었다.

…퍽!

그리고 두 번.

…퍽! …퍽!

또다시 세 번.

…퍽! …퍽! …퍽!

과거 엉망진창으로 당했던 빚을 이번 기회에 모두 털어 버릴 참이었다.

그때, 백면서생이 다시 한번 외쳤다.

"그만! 그대가 혈교도가 아닌 걸 아오!"

"……?"

추이의 망치질이 잠깐 멎었다.

그 틈을 타, 백면서생이 부리나케 말을 이었다.

"손! 손을 잡읍시다!"

"내가 너랑 손을 왜 잡나?"

"나는 중정(中情) 소속이오! 그대 부하가 말을 안 전했소!?"

"……!"

추이의 미간이 찡그려졌다.

동창(東廠).

그것은 황궁에서 직접 운영하는 첩보 기관이다.

그리고 동창에는 유독 뛰어난 실력의 고수들만 선별해서 따로 모아 놓았다는 '중앙정보국(中央情報局)'이라는 비밀 조직이 존재한다.

그것의 줄임말이 바로 '중정(中情)'인 것이다.

백면서생이 말을 이었다.

"우리는 오래전부터 혈교의 동향을 경계해 오고 있었소! 정확하게는 장강수로채의 인백정이 사망한 뒤부터지. 한데 그대를 감시한 결과, 그대는 오히려 혈교와 대립각을 세우고 있더군."

"……."

"내가 알아본 바에 의하면 우리는 척을 질 사이가 아니외다. 여기서 이럴 게 아니라 빨리 이 사태부터 수습하는 것이 우선이 아니겠소? 생도들이 다 죽게 놔둘 셈이오?"

백면서생은 머리에서 피를 철철 흘리면서도 추이를 설득했다.

왜인지는 모르겠지만 아까부터 등천학관의 생도들을 지키려 하는 모양새.

하지만.

"나는 동창의 쓰레기들은 믿지 않는다. 특히 중정 놈들은 더더욱 말이야."

추이의 목소리는 지극히 차갑고 건조했다.

"어차피 혈교 다음으로는 네놈들을 몰살시킬 계획이었어."

"……!"

추이의 폭탄선언을 들은 백면서생의 두 눈이 휘둥그레졌다.

이윽고, 그는 더듬더듬 말했다.

"중정은 구성된 지 채 일 년도 되지 않았소만, 우리에게 무슨 원한이 있다고 이러는 거요? 그리고 그 발언은 국가에 대한 반역 행위인 것 모르시오?"

"알 게 뭐냐. 참전용사, 퇴역군인들을 홀대하는 국가 따위는 멸망해도 상관없다."

"……?"

추이의 말을 들은 백면서생은 점점 더 알 수 없다는 표정을 짓는다.

바로 그때.

…콰쾅!

지평선 너머에서 커다란 폭음이 터져 나왔다.

먼 곳의 지면들까지 뒤흔들렸고 하늘에 닿을 정도로 거대한 녹색의 버섯구름이 솟구쳐 올랐다.

바로 그 순간.

타타탁!

백면서생은 온 힘을 다해 도주하기 시작했다.

"……."

추이는 천둥승과 나락설태를 이용해서 백면서생을 잡을까 잠시 고민했지만.

'동창은 아예 못 믿을 놈들이지만…… 지금은 일단 혈교와 대립각을 세우고 있는 놈들이니만큼 이용 가치가 있다.'

그것은 우선순위에서 밀리는 일이었다.

지금 일단 중요한 것은 천기단을 온전히 흡수하는 것.

그러니 당무상과 당예짐이 격돌하고 있는 저 녹색의 버섯구름 속으로 들어가는 것이 무엇보다 급선무였다.

추이는 처음부터 당예짐의 몸속에서 숙성, 변환되어 내단화(內丹化)된 천기단을 노리고 있었기 때문이다.

…탁!

추이는 약재 보관소가 있는 곳에 내려섰다.

그곳은 이미 예전의 모습을 전혀 찾아볼 수 없게 변해 있었다.

건물은 죄다 붕괴되고 지면은 온통 뒤틀리고 녹아내렸다.

추이는 늪과도 같이 끓어오르는 독 웅덩이를 건너 자욱한 독무의 중심지로 향했다.

거대하게 피어오르고 있는 녹색의 버섯구름 정중앙.

독무의 기둥 속은 마치 태풍의 눈처럼 고요하기 그지없다.

그리고 그곳에는 다소 낯선 풍경이 펼쳐져 있었다.

"왔니?"

당예짐.

그녀는 눈, 코, 입, 귀에서 검은 피를 흘리며 웃고 있었다.

당예짐의 손에는 머리칼 한 움큼이 잡혀 있었다.

그 머리카락 끝에는 당무상의 머리가 달려 있었고 말이다.

"……커헉!"

당무상은 아직 숨이 붙어 있다.

그는 입에서 피와 내장 조각들을 줄줄 쏟아 내면서도 생의 의지를 붙잡고 있었다.

패액!

당예짐은 당무상의 몸뚱이를 바닥에 내팽개쳤다.

추이는 그 모습을 보며 고개를 끄덕였다.

'천기단의 효능이 굉장하기는 하군. 겉껍데기에 칠해져 있

는 영약의 힘으로도 이 정도라니.'

한낱 당가의 똘똘한 후기지수에 불과했던 당예짐이 당가의 가주 당무상을 제압할 수 있게끔 만들어 준 사기적인 영약.

그것이 바로 천기단이다.

'육혼으로 가는 관문을 뚫기에 딱이다.'

추이는 창을 들고 당예짐을 향해 겨누었다.

당예짐은 비웃었다.

"뭐야. 삼랑. 어디 가 있다가 지금 나타났어?"

추이는 어느새 당삼랑의 면구를 뒤집어쓰고 있었다.

하지만 이제는 굳이 당삼랑을 연기할 필요는 없는 일이다.

"당무상을 잡았나 보군."

"보다시피. 어머? 근데 아버지한테 말버릇이 그게 뭐니? 애비의 존함을 틱틱 함부로 부르면 못 쓰지."

"이곳이 당가의 본진이었다면 당무상이 지는 일도 없었겠지."

"맞아. 당가에는 온갖 독과 기관진식들이 깔려 있으니까. 그래서 거사 장소도 여기로 정한 거야. 천천상단이 대충 눈속임용으로 운반했던 약재들은 사실 내가 철저하게 계획해서 준비해 놓은 것들이거든."

당가의 위장 신분인 천천상단.

그들은 약재 보관소에 운남산 약재들을 대량으로 실어 날

랐고 그것들은 모두 독예림이 감행했던 생화학 공격의 밑재료가 되었다.

그래서 당예짐은 지금껏 그 누구의 방해도 받지 않은 채 당무상을 제압할 수 있었던 것이다.

……단 한 명. 추이를 제외한다면.

철커덕!

추이는 매화귀창을 완전한 형태로 조립했다.

그리고 곧장 당예짐을 향해 붉은 호를 그리며 뛰어들었다.

처음에 당예짐은 코웃음 쳤다.

"당무상도 못 잡은 나를 네가 잡겠다고? 삼랑, 머리가 어떻게 된 게 아니…… 헉!?"

하지만 그녀의 여유는 그리 오래가지 못했다.

…퍼억!

추이의 창은 방금 전까지 당예짐이 서 있던 곳의 땅을 깊게 찔렀다.

콰―드드드드드득!

찌르기가 만들어 낸 충격파가 지면을 뚫고 들어가자 그 위로 땅거죽이 불뚝불뚝 불거져 나온다.

마치 거대한 두더지가 엄청난 속도로 땅 밑을 파헤치며 달려 나가는 것처럼.

"이게 무슨……?"

당예짐은 사방팔방으로 튀어 오르는 흙의 파도를 피해 뒤로 펄쩍 뛰어 물러섰다.

그녀는 황급히 두 손을 휘저어 독장을 뿌렸으나.

퍼-엉!

추이는 손바닥 모양으로 뒤섞인 독액과 강기를 그냥 몸으로 뚫고 나오며 창을 찔러 넣었다.

핏-

당예짐의 흰 뺨에 검은 흉터가 그어지며 흑진주처럼 생긴 독혈 몇 방울이 떨어져 내렸다.

"뜬금없이 웬 창인가 했더니…… 너 누구냐?"

당예짐의 두 눈이 가늘어졌다.

그녀의 질문을 들은 추이는 어깨만 으쓱할 뿐이다.

"맞혀 봐."

창날이 또다시 핏빛의 호를 그린다.

상하좌우로 사납게 요동치는 적색의 뱀.

일자 형태였던 당예짐의 눈썹이 위쪽으로 꺾여 올라갔다.

…후욱!

단전 안쪽에 자리 잡은 천기단을 아주 살짝 건드리는 것만으로도 막대한 내력이 터져 나온다.

그것들은 뜨겁게 흐르는 피에 섞여 혈맥 안에 흐르는 모든 것들을 걸쭉하게 만들었다.

동시에, 오독(五毒)의 마공이 미친 듯이 들끓어 오른다.

"뒈져라!"

극성의 비서장이 펼쳐져 추이를 짓이기려 한다.

하지만 날붙이에 닿은 손바닥은 상처를 입는 법.

썩—뚝!

추이는 녹색의 거대한 손바닥 일부를 베어 내고는 그 틈으로 몸을 밀어 넣었다.

그리고 그 너머에 있던 당예짐의 안면 정중앙을 향해 매화귀창을 찔러 넣었다.

…콕!

이번에도 조금 얕았다.

추이의 창은 당예짐의 오똑한 코끝을 살짝 찔러 시커먼 혈액 한 방울을 뽑아냈을 뿐이었다.

"이 새끼……!"

당예짐은 깨달았다.

눈앞의 적은 당삼랑이 아니다.

당삼랑의 얼굴 가죽을 뒤집어쓰고 있는, 전혀 다른 무언가다.

방금도 까딱 잘못했으면 머리통에 창날이 박힐 뻔했지 않은가.

"뒈져라!"

그것을 인지한 순간부터 당예짐의 독수가 훨씬 더 지독해졌다.

…콰콰콰콰콰쾅!

당예짐의 손에서 뻗어 나온 비서장이 주변을 온통 초토화 시켰다.

충격파와 더불어 발생하는 지독한 독무는 주변에 있는 모든 것들을 죄다 오염시키고 있었다.

하지만.

"……. ……. ……."

추이는 쏟아지는 독에도 그리 신경 쓰지 않았다.

체내로 들어오는 독기는 모조리 장작이 되어 육혼의 관문을 뚫는 데에 쓰인다.

그러니 당예짐이 천기단의 힘을 빌어 쏟아 내는 독은 모조리 추이의 영양분이나 다름없었다.

…콰쾅!

다만, 밀려들어오는 손바닥 형상의 강기만큼은 추이조차도 조심해야 했다.

'본디 당예짐은 초일류에서 절정 사이의 경지에 있었다. 하지만 천기단을 복용함으로써 단숨에 절정의 반열에 올랐으니…… 그 무위는 얼추 시귀 정도와 비슷하겠군.'

시귀(尸鬼) 북궁설.

그때로 돌아가 다시 싸워 보라고 한다면 승리를 확실하게 자신할 수 없을 정도의 난적(難敵).

그녀는 추이가 지금껏 싸워 왔던 적들 가운데 두 번째로 강한 적이기도 했다.

심상뇌옥에 나락노야의 창귀가 들어오기 전까지 가장 깊은 곳을 차지하고 있었던 존재이니 그 무위는 새삼 설명할 필요도 없었다.

콰콰콰콰콰콰쾅!

당예짐의 손바닥에 맞아 푹푹 꺼지는 지면을 본 추이는 창을 한 바퀴 돌려 거꾸로 잡았다.

'시간이 지나면 나락노야보다도 훨씬 더 귀찮은 적으로 성장할 것이다. 그 전에 잡아야지.'

그러나 당예짐은 쉽사리 잡혀 줄 생각이 없는 것 같았다.

그녀는 손바닥을 내질렀고 동시에 그 힘을 이용하여 뒤로 펄쩍 뛰어 물러섰다.

"네가 누구든 간에 놀이는 여기서 끝이란다. 당무상과 당해아는 여기서 죽을 것이고, 나는 이대로 당가로 돌아가서 가주 자리에 오를 거야."

독기가 뇌까지 미쳐서 지껄이는 헛소리는 아닌 모양이다.

그녀는 지금 이 순간을 아주 오랫동안 준비해 온 것 같았으니까.

······하지만.

"당무상은 아직 안 죽었는데? 당해아도 살아 있다."

추이는 당예짐을 바라보며 질문을 이었다.

"아직 아무도 죽지 않았는데 뭐가 그리 급해서 내빼려 하지?"

"내뺴? 내가? 이 힘을 가지고도? 호호호- 그럴 리가? 다 죽어 가는 폐인들 뒤처리 정도는 부하들이 알아서 할 수 있어."

"하지만 그럴 리가 있어 보이는군. 시간이 흘러가는 것이 초조한 모양인데, 뭔가 무서운 것이라도 있나?"

"......"

추이의 계속된 질문에 당예짐의 표정이 굳었다.

그러거나 말거나, 추이의 심계는 계속되고 있었다.

"생도들이 죽어 가는 동안 도망칠 생각이었나 본데, 굳이 생도들을 인질로 잡았어야 했는지도 잘 모르겠군."

"무슨 헛소리야?"

"천기단을 복용할 거라면 굳이 인질을 잡지 않아도 얼마든지 도망칠 수 있지 않나?"

"병신. 더 안전한 도주로를 확보하는 게 뭐가 이상해?"

"이상할 것은 없는데, 왠지 다른 이유가 있는 것 같다는 말이지. 가령......"

당예짐을 마주하고 있는 추이의 눈동자가 붉게 번뜩였다.

"'누군가'가 개입하는 것을 두려워하고 있다거나?"

"지랄!"

당예짐이 추이를 향해 손바닥을 휘둘렀다.

콰콰콰쾅!

지면에 깊은 손바닥 자국이 패였고 이내 그 자리에 녹색의 독 웅덩이가 차올랐다.

당예짐은 추이를 무시한 채 뒤돌아 달렸다.

"내가 유일하게 두려워하던 것은 당무상이었다! 하지만 이제 당무상을 꺾을 수 있다는 것이 증명되었으니 두려울 것은 없어!"

바로 그 순간, 추이의 신형이 당예짐의 코앞으로 쑤욱 솟구쳐 올랐다.

"그렇다면 왜 도망가나?"

"……!"

당연하게도. 추이는 당예짐을 그냥 보내 줄 생각이 없었다.

내단화(內丹化).

현재 당예짐의 몸은 천기단을 받아들이며 점차 하나의 기운으로 뒤섞여 가고 있었다.

당예짐이 곧 천기단이고 천기단이 곧 당예짐이 되어 가는 형태.

이 연단술의 극의를 칼에 적용한다면 아마 '신검합일(身劍合一)'이라는 허구상의 경지에 빗댈 수 있으리라.

거칠게 비유하자면 당예짐의 몸을 한 줌의 혈수(血髓)로 만들어서 섭취한다면 천기단을 복용한 것과 똑같은, 아니 그 이상의 효능을 낼 수 있다는 뜻이었다.

'……그런 당예짐을 창귀로 만들어 흡수한다면?'

창귀칭의 묘리는 사람의 혼백을 흡수하는 것을 그 본질로 친다.

그리고 천기단은 육체를 넘어 정신과 심상까지 작용을 미치는 영약.

그렇기 때문에 천기단을 복용한 당예짐을 창귀로 만들어 복속시킨다면 그것이 곧 추이에게 있어서는 천기단을 복용한 것과 같은 것이다.

게다가 천기단은 당예짐 같은 독인이 복용해야 그 효능을 극대화시킬 수 있기에, 추이는 당예짐을 통해 간접적으로 그 수혜를 누릴 계획이었다.

'그리고 겸사겸사 묘족의 복수도 함께한다.'

유년 시절 불타 버린 마을, 학살당한 핏줄들.

그들이 내지르던 단말마와 죽기 직전 부르던 노래들을 가슴에 새기며, 추이는 오랜 호흡법대로 숨을 들이쉬었다.

'출탁록기, 등장백산, 해동귀환.'

추이가 또다시 당예짐의 허벅지에 창을 꽂아 넣었다.

당예짐은 황급히 몸을 틀었으나 종아리 안쪽을 길게 베이고 말았다.

후두둑- 후둑- 뚝-

하얀 피부에서 흘러나온 핏방울들이 지면에 떨어져 내린다.

흙은 시커멓게 오염되었고 풀은 뜨거운 불판 위에 올려진 것처럼 쪼글쪼글 타들어간다.

"이 새끼가 자꾸 다리만!?"

당예짐은 손바닥을 휘둘렀으나 추이는 직접적인 교전을 피한 채 집요하게 그녀의 발만 노렸다.

어떻게 해서든 기동력을 묶어 놓으려는 손속.

당예짐의 도주를 방해하여 시간을 끌겠다는 의도가 너무나도 명확했다.

"그래 봤자 뭐가 바뀌진 않아! 네가 끌어 봐야 반각을 끌겠니, 일각을 끌겠니!"

"그 정도면 충분하고도 남지."

"……!"

추이의 대답을 들은 당예짐의 이마에 식은땀이 맺힌다.

이윽고, 그녀는 떨리는 목소리로 물었다.

"너는 누구냐. 내게 왜 이래?"

"…….."

"넌 당삼랑도 아니잖아! 근데 뭐 때문에 이러냐고! 무슨 원한으로!"

이 정도 질문에는 대답해 줄 수 있다.

어차피 따로 기다리는 사람도 있고, 시간은 많았다.

"묘족. 생존자."

"……!"

"그리고 복수자."

"……."

그 말에 당예짐의 표정이 기괴하게 일그러졌다.

이윽고, 그녀가 씹어 내뱉듯 웃었다.

"호호호– 그랬군. 그래서 당삼랑의 얼굴 가죽을 벗겨 썼구나. 나까지 잡으려고 말이야."

"딱히 그런 목적은 아니었지만, 그렇게 됐군."

"대단한 놈이구나. 정말 지독한 독종이야."

당예짐은 추이의 대답을 무시한 채 말을 이었다.

"그래. 내가 했다."

"……."

"묘족을 학살하고 그들의 독, 비전절기들을 빼앗은 년이 나야. 당삼랑이야 뭐, 그냥 졸개였고."

"……."

"덤벼 봐. 너희 묘족 놈들에게는 내가 만악의 근원이자 최종 흉수일 테지. 나만 죽이면 모든 게 해결되는 거라고. 어때? 억지로 이렇게 만들려고 해도 안 만들어지는 구도야. 작위적일 정도로 깔끔하잖아. 그치? 나 하나만 죽이면 모든 게 끝이라니. 응?"

오독교주(五毒敎主) 당예짐은 추이의 궁극적인 목적이 일족의 복수일 것이라고 생각하는 듯했지만, 추이는 딱히 그녀의 오해를 풀어 주지 않았다.

일족의 복수는 그냥 다음 단계로 가는 발판일 뿐.

추이는 훨씬 더 먼 곳을 보고 있는 복수귀다.

'······하지만 일단 이 여자를 죽여서 창귀로 만드는 것이 급선무이긴 하지.'

미로처럼 복잡하게 얽혀 있던 당예짐의 길과 추이의 길이 한 곳에서 딱 마주쳤다.

그리고 이다음부터는 오직 하나의 길(一路)만이 놓였다.

당예짐과 추이.

둘 중 한 명만 살아남을 수 있다는 말이다.

⁂

등천학관의 외곽에는 매 시각마다 종을 치는 종탑 하나가 있다.

안쪽에 사람이 백 명은 거뜬히 들어갈 수 있을 정도로 커다란 종.

데-엥!

지금 그 종이 큰 소리로 울리고 있었다.

···콰쾅!

종에 부딪친 당예짐이 피투성이가 된 머리를 들어 올렸다.

그 앞으로 창을 든 추이가 내려앉는다.

"캬아악! 이 끈질긴 놈!"

당예짐은 손바닥을 들어 올렸다.

짐육. 재조. 아도. 불식.

네 개나 되는 팔이 각각 흑(黑), 록(綠), 청(靑), 적(赤)으로 타오르기 시작했다.

이윽고, 손바닥 형상의 독기가 뻗어 나가 추이를 찍어 눌렀다.

추이는 몸을 날려 종탑의 뒤로 향했고, 당예짐의 출수는 그대로 종에 꽂혔다.

데-데-데-뎅!

격렬한 타종.

두께가 세 뼘이 넘는 육중한 강철판이 사정없이 구겨진다.

꽈기기기기기긱!

무쇠종이 일그러지며 어마어마한 굉음이 터져 나왔고, 그로 인한 충격파가 지면을 쓸어 가며 흙먼지와 독무들을 파문의 형상으로 싹 걷어 내 버렸다.

…콰콰콰콰콰쾅!

종탑을 구성하고 있는 벽돌들이 일거에 무너져 내렸고 육중한 무게의 종은 손바닥 자국으로 찌그러진 채 지면에 떨어져 굴러간다.

추이는 종을 밟고 뛰어올라 당예짐을 향해 창을 뻗었다.

쌔애애액!

날카로운 바람이 일어 독무를 잘라 내고 그 안에 숨어 있던 당예짐의 허벅지를 한 움큼 베어 물었다.

"미친 새끼야! 그만 떨어져!"

당예짐은 추이를 죽이는 것이 아니라 떼어 내기로 마음먹은 것인지, 아까부터 계속 공격이 밀어내기 일색이다.

콰쾅! 퍼퍼퍼퍽!

네 개의 손에서 펼쳐지는 비서장이 추이의 몸을 강타했다.

하지만 추이는 밀려나지 않은 채 그대로 당예짐을 따라붙었다.

"도망가고 싶나?"

"……."

"그렇다면 나를 죽이고 가는 것이 제일 빠른 길이야."

추이의 말을 들은 당예짐 역시도 깨달았다.

여기서 그냥 적당히 도망칠 수 있는 방법은 없다.

다소 시간이 걸리더라도 추이를 죽여 놓고 가는 수밖에는.

"……알겠다. 인정하지. 네가 최대의 변수다. 설마 등천학관에 너 같은 방해꾼이 있을 줄이야."

당예짐이 이를 뿌득 갈았다.

동시에, 그녀가 전략을 바꿨다.

츠츠츠츠츠츠츠츠츠……

다섯 개의 극독을 조합해 만든 독무가 주변의 공기를 모조리 태워 버리기 시작했다.

"……."

추이는 미간을 찡그렸다.

과거, 오독교와의 싸움에서 그를 가장 귀찮게 만들었던 전략.

그것은 의외로 아주 단순한 기능을 가진 독이었다.

시야를 가리고, 호흡을 방해하는 독.

난다긴다하는 모든 극독들을 무시하는 만독불침의 육체조차도 이 두 가지 독에는 영향을 받을 수밖에 없다.

당예짐은 그간 추이와 손속을 주고받으며 강한 독보다는 귀찮은 독들을 쓰는 편이 더 효율적이라는 사실을 깨달은 듯했다.

…후욱!

추이는 창을 내뻗어 독무의 허리를 관통하는 긴 통로를 만들었다.

그리고 시야가 뻥 뚫린 빈 공간을 내달려 당예짐과의 거리를 좁혔다.

"빨리 죽어 버려라!"

당예짐은 기다리고 있었다는 듯 정면을 향해 네 개의 서로 다른 독장을 쏘아 보냈다.

비서장(飛絮掌), 삼양신장(三陽神掌), 적련신장(赤漣神掌), 추혼비장(追魂飛掌).

당예짐의 팔 네 개에서 뻗어 나오는 각기 다른 색의 독장이 추이의 전신을 두들겼다.

독을 제외하고 봐도 장법 자체만으로 충분히 무시무시한

살수다.

'……과연 오독교의 초대 교주인가. 아직 떡잎에 불과할 텐데도 상당하군.'

추이는 순간 나락노야의 절기인 나찰장을 꺼내 들까 생각했으나 이내 그만두었다.

육혼의 관문을 넘기 전까지는 창귀들의 절기를 뽑아 쓰는 것은 지양해야 했다.

추후 몸에 걸리는 과부하가 너무 강하기 때문이다.

'도박은 자기 밑천으로만 해야지.'

제 돈이 아니라 남의 돈까지 끌어 쓰는 승부에서는 보통 이기기도 힘들뿐더러 끝도 좋지 않은 법이다.

추이는 창을 휘둘러 독무를 흩어 버렸다.

그때.

"……!"

추이의 눈에 무언가가 들어왔다.

그것은 저 멀리서 독무에 신음하는 일반인들이었다.

"콜록! 콜록!"

"누가 좀 도와줘요!"

"사, 사람 살려……."

생도인지 직원인지 모를 이들이 눈물 콧물을 흘리며 발버둥치고 있다.

그때, 추이의 뒤로 당예짐의 목소리가 들렸다.

"구하러 안 가? 저대로 두면 죽을⋯⋯."

하지만 그녀의 목소리가 채 끝나기도 전에, 추이는 창을 뒤로 내뻗었다.

콰직!

추이를 동요시키려고 접근했던 당예짐은 도리어 어깨에 창날이 꽂히는 부상을 입고 말았다.

"꺄악! 뭐, 뭐야 이 새끼! 거기서 어떻게 창을⋯⋯!"

"모든 일에는 경중이 있는 법이지."

추이는 극도로 무미건조한 목소리로 말을 이었다.

"다른 이를 구하는 것은 차선(次善). 너를 죽이는 것은 최선 (最善)."

"⋯⋯!"

"인질을 아무리 잡아도 소용없다. 앞에 개미가 몇이나 있 든, 수레바퀴는 굴러갈 테니."

그 말을 들은 당예짐의 등골에 차가운 소름이 끼쳐 온다.

오싹―

저것은 합리나 논리의 개념이 아닌 것 같다.

신념(信念).

기이할 정도로 뜨겁고 무서울 정도로 올곧은.

그 어떠한 상황에서도 절대로 타협하지 않고 조금의 예외 조차도 두지 않는, 마치 대자연의 거대한 법칙 그 자체를 마 주 대하는 듯한 위압감.

추이의 시선은 바로 그런 것들을 대변하여 말하는 것 같았다.

'너는 오늘 이 자리에서 죽는다'.

눈과 비가 위에서 아래로 떨어지고, 홍수와 가뭄이 농작물을 망치고, 바람과 파도가 일어 배를 덮치듯.

추이의 창이 당예짐의 심장을 꿰뚫게 되는 것은 어떠한 필연적이고 절대적인 법칙하에 일어나는 결과처럼 느껴졌다.

"웃기지 마라!"

당예짐은 밀려오는 불안감을 애써 털어 냈다.

콰콰콰콰콰콰쾅!

최고의 출력으로 뻗어 나오는 독장은 틀림없이 추이의 몸을 뒤로 쭉쭉 밀어내고 있었다.

'내가 질 리 없다. 오독마공은 무적이고 내력도 천기단으로 계속 보충 중이야. 나는 삼 일 밤낮으로 이렇게 계속 싸울 수도 있어. 그에 반해 저놈은 앞으로 반각도 채 버티지 못한다.'

그 와중에도 당예짐의 뛰어난 두뇌는 현 상황을 아주 날카롭게 분석하고 있었다.

……하지만.

퍼—엉!

추이는 또다시 당예짐의 예상을 뒤엎은 채 창을 내뻗었다.

내공 양에서 밀리는 추이가 질질 시간을 끌 것이라 생각했던 당예짐의 예상과 달리, 추이는 초반에 모든 것을 죄다 소진해 버리겠다는 식의 일격기(一擊技)를 펑펑 퍼부어 대고 있었다.

콰직- 퍽!

당예짐과 추이의 공격이 허공에서 맞교환되었다.

당예짐은 추이의 창날을 피했으나 창대에 옆구리를 얻어맞는 바람에 갈빗대 두 개가 부러졌다.

추이는 가슴팍과 허리, 다리에 독장을 엇어맞은 채 뒤로 물러났다.

피부를 짓무르게 하고, 그 밑의 살점들을 죄다 터트릴 뿐만 아니라, 안쪽의 뼈를 부러뜨리고 내장들까지 온통 곤죽으로 만들어 놓는 것이 당예짐의 독장이다.

단순 교환비를 보면 당예짐보다 추이가 훨씬 더 피해가 컸다.

그러나.

'목표 지점에 정확하게 세 방을 꽂아 넣었으니 됐다.'

맨 처음 베어 냈던 허벅지, 허를 찔렀던 어깨, 그리고 방금 전에 깨부숴 놓았던 옆구리의 갈비뼈 두 대.

손바닥을 무기로 쓰는 고수들에게 가장 치명적인 신체 부위 세 곳을 연달아 망가뜨려 놓았으니 이제 천천히 무너져 갈 일만 남았다.

더군다나 추이의 창끝에는 강력한 창강이 어려 있기에 단순히 날붙이에 찔린 수준의 상처로 그치지 않는다.

그런 것에 세 번이나 처맞았으니 혈맥 속에 피가 아니라 영약이 흐르는 괴물이라고 해도 견딜 재간이 없는 것이 당연했다.

'빌어먹을!'

당예짐은 이를 뿌득뿌득 갈았다.

쌔애애애애액―

이쪽을 향해서 채찍처럼 휘둘러지는 창이 보인다.

피하지 못하면 죽는다.

당예짐은 이를 악물고는 허리를 뒤로 제꼈다.

창날이 당예짐의 옆 머리카락을 모조리 잘라 내며 스쳐 간다.

'더 이상은 안 된다. 시간이 없어.'

당예짐은 상대를 더 이상 얕보지 않았다.

그녀는 천천히, 안전하게 녹이려고 했던 천기단을 단번에 확 흡수했다.

내력의 덩어리가 뭉텅뭉텅으로 혈맥을 타고 퍼져 나간다.

전신의 가느다란 핏줄들이 울룩불룩한 완두콩 꼬투리처럼 변하며, 당예짐의 몸이 부풀어 오르기 시작했다.

"크―아아아아악!"

온 관절에 오한 같은 독기가 스며들었다.

뼈와 뼈 사이, 근육과 근육 사이에 집약된 독들이 뾰족뾰족한 결정을 이룬 독정(毒晶)의 형태로 굳어졌다.

뾰족한 결정들이 체내를 찌르고 있으니 움직이는 것만으로도 엄청난 통증이 엄습한다.

하지만 그만큼 당예짐이 낼 수 있는 힘 자체는 강해졌다.

뿌드드득!

당예짐은 이제 여자의 외형을 갖고 있지 않았다.

전신의 근육이 터질 듯 부풀고 눈에서는 검록색 독매연이 줄기줄기 뿜어져 나오고 있었기에 마치 남자, 아니 짐승으로 변한 것 같은 모습이었다.

"뒈져라아아아아!"

당예짐은 또다시 팔을 네 개로 만들고는 독장을 펑펑 쏟아 내기 시작했다.

추이는 천기단이 만들어 내는 놀라운 힘을 앞에 두고도 별다른 표정 변화가 없었다.

'이 정도면 확실히 기적의 약물이라고 해도 좋겠군. 흔하디흔한 일류고수 하나를 나락노야에 버금가는 괴물로 변태시키다니.'

실제로 당예짐이 지금 보여 주고 있는 신위는 얼마 전에 상대했던 나락노야와 비교해서도 꿇릴 만한 것이 없었다.

하지만.

"뒈져! 뒈져! 빨리 뒈지란 말이야아아아아!"

당예짐은 아까부터 계속 조급한 모습을 보이고 있었다.

독과 약이 폭주하고 있는 탓일까?

그녀는 질기게 달라붙는 추이를 떼어 내기 위해 미친 듯이 몸부림친다.

…쾅!

추이는 당예짐의 손바닥에 맞아 나가 떨어졌다.

하지만 그럼에도 불구하고 여전한 무표정으로 묻는다.

"왜 그렇게 초조해하나? 네가 우세한데. 나는 점점 약해지고 있다."

"닥쳐!"

당예짐은 뒤돌아 뛰려 했다.

하지만.

피-잉!

어느새 그녀의 발목에 채워진 천등승 올가미가 추이의 손목에 단단히 연결되어 있었다.

"이런 피거머리 같은 새끼!"

"조금만 더 있으면 내 내력은 완전히 고갈된다. 끝을 내지 않고 갈 건가? 당무상이나 당해아처럼."

"닥치라고! 지금 그럴 시간이 어딨겠냐!?"

당예짐이 네 개의 손을 휘저었다.

구환살(九幻殺). 아니, 구십구환살(九十九幻殺).

아흔아홉 개나 되는 독암기가 허공으로 폭사되었다.

…퍼퍼퍼퍼퍼퍼퍼퍽!

추이의 전신에서 피분수가 터져 나온다.

살점이 퍽퍽 떨어져 나가고 녹고 타는 냄새가 진동한다.

하지만 그럼에도 불구하고 추이는 팔로 얼굴을 가리거나 몸을 옆으로 트는 행동을 하지 않았다.

직진. 오로지 직진.

추이는 한 자루 창에 의지한 채 빗발치는 암기의 폭우를 뚫고 나아간다.

"으아아아! 이 미친놈! 미치광이 새끼!"

당예짐은 결국 추이를 꺾는 것을 포기했다.

그녀는 추이의 창에 등을 찔리는 한이 있더라도 자리를 피해야겠다고 생각한 듯하다.

…퍼엉!

당예짐은 발목에 감긴 천등승을 그대로 둔 채 내달렸다.

천기단으로 인해 폭주하는 내력은 당예짐의 경공 실력을 몇 배나 끌어올렸다.

이미 기력이 거의 다 쇠한 추이는 당예짐에게 끌려갈 수밖에 없었다.

"……."

뒤에 있던 일반인들이 독무에서 벗어나는 것을 본 추이는 그제야 비로소 고개를 들어 당예짐을 보았다.

"호호호호- 끌려오다가 죽어 버려라! 싫으면 끈을 놓든지!"

당예짐은 추이를 매단 채 그대로 지붕과 지붕 사이를 뛰어넘어 담벼락을 향했다.

이제 저 높이 솟아 있는 외벽을 넘기만 하면 등천학관을 벗어난다.

당예짐은 희열이 어린 표정으로 지면을 박찼다.

'이제 한 삼 년만 숨어서 천기단을 흡수하자. 그러면 내가 당가의 가주이자 천하제일인이 되는 거야!'

이제 모든 방해물들과도 안녕이다.

앞으로 펼쳐진 길에는 온통 빛과 영광만이 가득하리라.

당예짐은 그렇게 생각했다.

……외벽을 타 넘자마자 보인 한 얼굴을 마주하기 전까지는.

"포항항."

앳된 얼굴의 소녀.

"학술회의가 있어서 먼 길 갔다가 왠지 귀찮아져서 돌아왔는데."

빵빵한 볼살이 살짝 씰룩이는 것이 보인다.

"저 진짜 열받았어용."

당결하.

등천학관의 학장이자 독왕(毒王)이라는 별호로 불리는 여자.

그리고 그녀의 얼굴을 마주한 순간, 당예짐은 입을 벌리고 토해 놓을 수밖에 없었다.

"꺄아아아아아아아아아아아아아아아아아아아아아아아아
아아아아아아아아아아아아아아아아아아아아아아아아아아아
아아아아아아아아아아아아아아아아아아아아아아아아아아아
아아아아아아아아아아아아아아아아아아아아아아아아아아아
아아아아아아아아아아아아아아아아아아아아아아아아아아아
아아아아아아아아아아아아아아아아아아아아아아아아아아아
아아아아아아아아아아아아아아아아아아아아아아아아아아아
아아아아아아아아아아아아아아아아아아아아아아아아아아아
아아아아아아아아아아아아아아아아아아아아아아아아아아아
아아아아아아아아아아아아아아아아아아아아아아아아아아아
아아아아아아아아아아아아아아아아아아아아아아아아아아아
아아아아아아아아아아아아아악!"

공포로 점철된 새된 비명을.

사천당가의 가주는 당무상(唐無上).

별호는 신의 혹은 천하제일의.

협개 구예림이 저술했던 '무림사영웅열전'에 이름을 올렸
을 정도로 커다란 영향력을 가진 인물이다.

……하지만 '위에 아무도 없다'는 이름의 뜻이 무색하게,
사천당가의 족보에는 당무상보다도 위에 적혀 있는 이름 하
나가 떡 하니 존재했다.

당결하(唐抉瑕).

별호는 '파라척결(爬羅剔抉)' 혹은 '독왕(毒王)'.

그녀는 무림맹의 최고 위원이자 등천학관의 학장, 동시에 사천당가의 대장로이다.

당결하에 대한 소문은 무성했다.

주정뱅이, 도박광, 참견쟁이, 무능한 행정가, 소문을 좋아하는 떠벌이, 독 실험을 너무 많이 해서 머리가 약간 돌아 버린 천재…….

하지만. 훗날의 협개 구예림은 무림사인물열전에 당결하라는 이름을 당무상보다도 훨씬 앞에 적어 놓는다.

그 기록은 짧았고, 다음과 같다.

-현 정도무림의 정점(頂點). 정(定), 사(私), 마(魔)를 통틀어 가장 천하제일인에 가까운 존재.

그런 당결하가 지금 이곳에 있다.

생글생글 웃는 표정으로.

"아 진짜. 일하기 싫은뎅."

이윽고, 눈웃음이 걷히고 동공이 드러난다.

눈알을 덮고 있는 얇은 막 안쪽에는 드넓은 구천세계를 통째로 불싸질러 버릴 수 있을 정도로 뜨거운 겁화가 이글거리고 있다.

그것을 마주 보게 된 당예짐은 겁먹은 소녀처럼 비명을 지르기 시작했다.

"끼—야아아아아아아아아아아악!"

지금껏 악귀나찰 같은 표정을 지은 채 추이를 찍어누르던 모습은 간 곳이 없다.

콰—앙!

당예짐은 어마어마한 힘으로 지면을 박찼고 이내 담장에서 멀어지기 시작했다.

'빨리, 빨리 천기단을 흡수해야 해!'

무리한 흡수는 곧 몸의 과부하로 이어진다.

하지만 당예짐은 그런 당연한 것조차 생각할 여유가 없었다.

'최대한 시간을 벌려면…… 장애물이 조금이라도 많은 쪽으로!'

당예짐은 등천학관의 담벼락 너머에 있는 시가지를 향하기 시작했다.

그 방향은 일반인들이 밀집해 있는 상업 지구였다.

무고한 일반인들이 많은 곳으로 가면 인질도 많아지는 셈이니 도주할 수 있는 확률이 올라가지 않을까.

당예짐은 그렇게 생각했다.

"포항항~ 사람 많으면 내가 못 죽일 줄 아나 보넹."

뒤에서 들려오는 당결하의 해맑은 웃음소리를 듣기 전까

지만 해도 말이다.

오싹—

그 말을 듣는 순간 당예짐은 전신에 끼쳐 오는 소름을 느껴야 했다.

당결하는 미친년이다.

온갖 미친놈년들만 모여 있다는 사천당가 내부에서도 독보적인 미친년으로 오랜 시간을 군림해 온 광녀다.

그런 존재가 고작 일반인 몇 명, 아니 몇십 명, 아니 몇백 명, 아니 몇천 명, 아니 몇만 명의 목숨 따위에 연연할까?

당예짐은 식은땀을 흘리며 발걸음을 돌렸다.

인질극도 상대를 봐 가면서 벌여야 한다.

당예짐이 생각하기에 민간인은 전혀 인질이 되지 못한다.

차라리 사람들이 거주하는 평야 지대보다는 인적 드문 산악 지대가 숨거나 도망치기에 더 나을 것 같았다.

'……좆될 뻔했다.'

당예짐은 방향을 틀었다.

그리고 그나마 숨을 곳이 많은 산악 지대를 향해 달려 나가기 시작했다.

등천학관의 북쪽에 있는 무주공산.

그곳은 종종 생도들이 야생 생존 수업을 받는 곳이었기에 인적이 드물다.

당예짐은 제멋대로 자라난 수풀들을 뚫고 달렸다.

몸속 기혈들이 뒤틀렸고 맥박도 엉망이었지만 경공의 속도 자체는 아주 빨라졌다.

'이쯤 됐으면 거리가 꽤 벌어졌겠지?'

당예짐은 천천히 고개를 돌렸다.

그리고 그 순간.

"……!"

당예짐은 바로 뒤에 붙어 있는 당결하의 얼굴을 보며 심장이 멎는 듯한 충격과 공포를 느꼈다.

"옳치옳치 쫌만 더 앞으로 가~ 더 가면 사람 없고 좋은 데 나왕."

"ㅇㅇㅇㅇㅇㅇㅇ!"

당예짐은 몸서리치며 두 팔을 휘저었다.

팔이 또다시 네 개로 늘어나며 당가의 절기인 구환살(九幻殺)이 시전된다.

아홉 개의 뼘창이 만들어 내는 아흔아홉 개의 잔상.

구십구환살(九十九幻殺).

사천당가의 가주 당무상조차도 완벽하게 막아 내지 못한 신기(神技)가 폭발했다.

콰—콰콰콰콰콰콰쾅!

주변의 바위, 나무, 흙더미들이 모조리 벌집처럼 변해 버렸다.

독기운에 스쳐 간 벌레들이 말라 죽는 소리.

그 외 생명을 가진 모든 것들이 사그라드는 소리.

오래되고 단단한 바위와 나무들이 부서져 나가는 소리.

전방을 휩쓸어 가는 아흔아홉 개의 녹색 그림자는 산의 일면을 깎아 내어 민둥산으로 만들어 버릴 정도였다.

······그러나.

"뭐야 이거, 구환살? 귀엽네."

당결하는 당예짐이 날려 보낸 아흔아홉 개의 독전(毒箭)들을 모조리 손등으로 후려쳐 날려 버렸다.

그것을 본 당예짐은 입술을 피가 나도록 깨물었다.

'······괴물.'

제일 걱정하던 사태가 벌어졌다.

처음 계획을 세울 당시, 등천학관은 여러모로 인질극을 벌이기에 좋은 곳이었으나 딱 하나의 절대적인 단점이 존재했었다.

등천학관의 학장 당결하.

당무상보다도 배분이 높은 그녀의 존재가 당예짐에게 있어서는 최대의 걸림돌이었다.

그래서 일부러 당결하가 다른 학관에서 열린 학술회에 참가하기 위해 나가 있을 때를 노려 일을 벌였다.

계획대로라면 분명 당결하는 사흘 뒤에나 이곳으로 돌아왔어야 했는데······ 설마 단순 변덕 때문에 일정을 취소하고 돌아올 줄이야!

당예짐은 눈을 부릅떴다.

'괴물을 상대하기 위해서는 나도 괴물이 되어야 한다.'

원래 삼 년 동안 천천히 진행하려 했던 흡수를 서둘러야
했다.

당예짐은 온 힘을 다해 배 속의 천기단을 녹였다.

천기단이 세밀하게 얽힌 혈맥들을 타고 흘러 골수까지 침
범해 뇌까지 흘러들자.

…번쩍!

당예짐의 몸이 또다시 변화하기 시작했다.

"크─워어어어어어어억!"

그녀는 허공에서 몸을 돌렸고 폭주하는 내력을 모조리 몸
밖으로 뿜어냈다.

오독마공의 정수, 비서장(飛絮掌)을 더더욱 악랄한 살초로
바꿔 놓은 오독장(五毒掌)이 뻗어 나왔다.

그 모습은 마치 녹빛의 이무기 한 마리가 산비탈 아래로
꿈틀꿈틀 기어가는 듯했다.

이윽고.

독액으로 이루어진 거대한 뱀이 당결하의 몸을 집어삼켰
다.

화─아아아아아아아악!

생기를 말려 버리는 뱀.

그것은 산의 한 귀퉁이를 쓸어 가며 주변의 절경을 완전히

뒤바꾸어 놓는다.

본디 울창한 숲이었던 곳은 황량한 독 웅덩이로 변해 버렸다.

......하지만.

"와우! 매콤해!"

독웅덩이의 중앙에서 걸어 나오는 당결하는 여전히 생글생글 웃고 있었다.

"우리 가문에도 제법 팔팔한 애기가 나왔군용. 더 보여 주실 것이 있나용?"

"......! ......! ......!"

온 힘을 쏟아부은 일격이 아무렇지도 않게 막혀 버린 당예짐의 표정은 실로 볼만한 것이었다.

'말도 안 돼, 이건 말도 안 된다고!'

규격 외의 괴물.

당결하는 아직 아무런 행동도 하지 않았음에도 불구하고 당예짐의 모든 예상치를 한참 벗어나고 있었다.

그리고 저 괴물이 본격적으로 움직이기 시작하면 무슨 일이 벌어질지, 당예짐은 그것이 두려웠다.

결국. 당예짐은 결정을 내렸다.

'......천기단의 힘을 모조리 끌어다 쓴다.'

장장 삼 년에 걸쳐서 조금씩 조금씩 녹여 먹으려 했던 천기단이다.

그것을 단숨에 흡수하겠다는 발상.

물론 이것이 미친 짓이라는 것은 그녀 스스로가 제일 잘 알고 있었다.

평범한 사람도 빙과(氷菓) 하나를 단숨에 먹게 되면 머리가 아픈 법이다.

하물며 삼 년에 걸쳐서 매일매일 먹어야 할 양의 빙과를 단숨에 먹으라고 한다면?

당연히 질겁을 하지 않겠는가.

게다가 이것은 단순한 빙과가 아닌, 까딱 잘못하면 오히려 맹독으로 돌변하는 영약이다.

그런 것을 한꺼번에 흡수하게 된다면 그 결과는 불을 보듯 뻔했다.

기적이 일어난다면 광인(狂人)으로 끝날 것이고.

그나마 천운이 따라서 좋은 결과가 나와 준다고 해도 폐인 (廢人).

하지만 거의 대부분의 확률은 죽음을 가리킬 것이다.

'그러나 할 수밖에 없다!'

눈앞의 괴물에게 걸린 이상 죽음 이외의 다른 선택지는 없다시피 하다.

그러니 할 수 있는 한 최대한 발버둥 쳐 보는 수밖에 없는 것이다.

"으─아아아아아아아아!"

당예짐은 목청이 터져 나갈 듯 소리 질렀다.

동시에, 단전 속 깊은 곳에 있었던 천기단이 한순간에 깨져 나갔다.

팍삭—

산산조각으로 부서진 천기단이 순식간에 당예짐의 단전 속으로 녹아들었다.

그리고 동시에, 당예짐의 두 눈에서 시커먼 빛이 폭사했다.

시커멓게 물든 독수들이 허공에서 어지럽게 뒤엉키며 당예짐의 몸 전체에서 암기들이 뿜어져 나온다.

구백구십구환살(九百九十九幻殺).

자그마치 구백구십구 개나 되는 독전들이 온 세상을 찢어발기며 날아든다.

마치 거대한 녹빛의 용이 비늘들을 뽑내며 날아드는 듯한 광경.

그것을 본 당결하가 입을 벌리며 감탄했다.

"우왕."

숙련된 당가의 무인들도 아홉 개를 채 다루지 못하는 경우가 파다한 마당이다.

그런 것이 자그마치 천 개에 육박하고 있으니 절경은 절경이라 할 만했다.

당결하는 자신의 코앞으로 날아드는 독전들을 향해 박수

를 쳤다.

"얘는 몇 년만 지나면 무지무지 귀찮아졌겠넹. 지금 잡아서 다행이당."

이윽고, 당결하가 손을 뻗었다.

거대한 녹룡이 당결하의 작은 몸을 씹어 삼키려 든다.

하지만 그 뻔해 보이는 승부의 결과는 정반대였다.

……그 누가 상상할 수 있으랴?

거대한 용의 아가리를 찢어 죽이는 가녀린 몸의 소녀를.

우—지지지지지지직!

당결하는 맨손으로 녹룡의 머리통을 깨부수고 몸통을 반으로 찢어 죽였다.

비늘들이 우수수 떨어져 내렸고 안에 들어 있던 모든 것들은 죄다 터져 나간다.

녹룡의 가장 끝부분에 있었던 당예짐 역시도 마찬가지였다.

"히, 히익!?"

당예짐은 자신이 만들어 낸 최강의 절기가 우습게 파훼당하는 것을 보며 헛바람을 집어삼켰다.

"더! 뭐 더 없어용?"

당결하가 웃는다.

그것을 본 당예짐은 오줌을 지리며 물러났다.

그녀는 혈맥 속에 흐르는 천기단의 힘을 최대한 끌어모았다.

하지만 혈맥 속으로 흩어진 천기단의 기운은 너무나도 강력하고 묵직한 것이어서 당예짐조차도 그것을 원하는 만큼 끌어다 쓸 수가 없다.

애초에, 좁은 혈맥에 너무 큰 기운을 무리해서 끌어들이는 바람에 기경팔맥이 죄다 손상된 탓도 있었다.

결국.

"으아아아아아아아아아!"

당예짐은 눈물을 흘리며 도망쳤다.

등천학관 전체를 초토화시키려 했던 흉수의 마지막 표정이라고는 생각할 수 없는 처절함이었다.

그리고 그것을 지켜보고 있는 당결하의 얼굴에 비로소 웃음이 걸렸다.

"없으면 돼져."

그녀의 조막만 한 손이 좌우로 교차되었다.

그와 동시에 사천당가의 암기술인 구환살이 시전되었다.

그것은.

…번쩍!

방금 전 당예짐이 선보였던 구백구십구 개의 환살보다도 훨씬 더 경이롭고 장대한 것이었다.

구천구백구십구환살(九千九百九十九幻殺).

만(萬)에서 단 일(一)이 부족한 숫자.

하늘(天)을 온통 빼곡하게 뒤덮을 정도로 많은 독전들이 당결하의 두 손에서 쏟아져 나왔다.

내력으로 인해 허공에 떠 있는 독암기들은 철저히 당결하의 의지에 따라 꽃(花)처럼 피어나고, 비(雨)처럼 떨어진다.

이윽고, 당결하의 강력한 염동(念動)에 의해 조종당하는 거대한 녹빛의 기류가 도망치고 있는 당예짐의 등을 향해 움직였다.

꾸르르르르륵―

단지 기세의 발현만으로도 일대의 산을 모조리 녹여 버리는 기염.

당예짐은 자신이 무엇에 휩쓸리는 것인지도 모른 채 독기류에 집어삼켜졌다.

파사삭……

태양에 가 닿은 불나방의 최후였다.

사건은 어찌어찌 수습되었다.

세간에서는 약재 보관소에 있던 약초와 독초 들이 기묘한 융합반응을 일으켜 폭발을 일으켰다고 공표되었다.

이 과정에서 때마침 천기단 유지 보수 건으로 등천학관 내부에 있었던 사천당가의 가주 당무상이 나섰고 피해를 최소

한으로 수습했다는 내용이 그 골자였다.

새벽에 벌어진 독무 유출 건으로 인해 수많은 피해자들이 발생했지만 천만다행으로 사망자는 나오지 않았다.

중, 경상자들은 꽤 발생했지만 사천당가에서 앞으로의 모든 치료와 보상을 약속했기에 문제가 더 확산되는 일은 없었다.

……한편.

등천학관의 북쪽 산악 지대는 한동안 사람들의 출입이 금지되었다.

사실 굳이 금지령을 내릴 것도 없는 것이, 그곳은 향후 수백 년 동안은 아무것도 자랄 수 없는 곳이 되어 버렸기 때문이다.

사천당가는 천기단을 잘못 관리했기 때문에 대참사가 벌어졌다는 것을 인정하고, 이후 피해 복구에 최선을 다하겠다고 천명했다.

그리고 또한 앞으로 십 년간 가문을 봉문하고 이곳 산악 지대를 정화하는 것에만 총력을 기울이겠다는 사실도.

최종적으로 무림맹에서 수십 차례에 걸친 조사가 나온 뒤에야 사태는 일단락되었다.

결과는 천기단의 유실.

공식적으로 발표된 바에 따르면 이번 사태는 '안전불감증'에 의한 '인재(人災)'였고 책임자였던 '당미호'는 무림맹의 지하뇌옥에 수감되었다.

정도무림 전체에 여러모로 큰 경각심을 준 사건이었다.

산의 정경은 크게 바뀌어 있었다.

긴 독 웅덩이가 산비탈 전체에 걸쳐져 있었고 그 주변에는 살아 있는 것이 단 하나도 없었다.

나무도 죽고, 풀도 죽고, 물과 흙속에 있는 작은 벌레들까지도 모조리 죽어 사라졌다.

사천당가에서 나온 수많은 전문가들이 곳곳에 제독제와 해독제를 뿌리며 오염된 땅을 정화하고 있었다.

"어이! 제독 가루를 좀 더 골고루 뿌려야지! 풀이 탄 곳에 다가만 뿌리면 안 돼! 흙 전체에 뿌려 줘야 한다고!"

"가루로 된 제독제는 한계가 있으니 연기 형태로 된 걸 살포하는 편이 낫겠어."

"저 구역부터는 독 먹는 벌레들을 풀게요. 이것들은 어차피 거세가 되어 있고 수명도 10년 이하라서 괜찮을 겁니다."

"젠장…… 대체 여기서 무슨 일이 벌어졌던 거야? 내당의 독창(毒倉) 안에 있는 독들을 죄 가져다 뿌려도 이런 참상은 안 나오겠어."

방독복을 입은 당가의 인력들은 오염 지대를 돌아다니며

부지런히 독을 제거하고 있었다.

하지만 그럼에도 불구하고 최후의 격전이 벌어졌던 곳에는 아무도 들어가지 못했다.

당결하와 당예짐이 맞붙었던 곳.

그곳은 숫제 거대한 분화구가 되어 있었다.

깊게 패인 구덩이 안쪽에 용암이 아닌 독 웅덩이가 부글거린다는 것만이 차이점이었다.

한편.

"……."

추이는 당삼랑의 얼굴을 덮어쓴 채 그 광경을 바라보고 있었다.

그런 추이의 단전 속 심상뇌옥에는 새로운 얼굴의 창귀 하나가 갇혀 있는 채였다.

당예짐.

한때 독봉(毒鳳), 혹은 사천제일미(四川第一美)라는 별호로 불리던 여자.

그리고 회귀하기 전, 추이의 기억 속에 있는 그녀는 초대 오독교주(五毒敎主)의 초상화 속 얼굴로 기억되고 있었다.

'모든 것들이 뜻대로 잘 풀려서 다행이로군.'

추이는 이번 사태의 가장 큰 수혜자였다.

왜냐하면 당예짐이 당결하의 손에 죽기 직전, 그녀를 먼저 죽여서 창귀로 만든 이가 추이이기 때문이다.

당결하의 공격은 강맹했고 또 무시무시했다.

천하의 추이조차도 가까이 가지 못하고 멀찍이서 지켜봐야만 했을 정도.

하지만 오히려 그렇기에 기회가 생긴 것이기도 했다.

당결하의 신위를 본 당예짐은 생의 마지막 순간 저항을 완전히 포기했고, 그렇게 해서 무방비로 드러난 빈틈으로 추이가 송곳을 던졌기 때문이다.

나락곡의 적야차 시절 익혔던 송곳 투척술은 당결하의 눈마저 피할 수 있을 정도로 빠르고 은밀했다.

…푹!

추이가 던진 송곳은 당결하의 암기보다 먼저 당예짐의 목을 꿰뚫었고, 그렇게 당예짐은 추이의 손에 즉사했다.

이후 당예짐의 육신은 당결하의 내력에 휩쓸려 한 줌 혈수(血水)로 변해 버렸다.

자연스럽게. 추이는 초토화된 독지 위를 떠돌게 된 당예짐의 혼백을 창귀로 만들어 흡수했다.

천기단의 영험한 기운을 품은 당예짐의 창귀는 그대로 추이에게 종속되었고 추이는 이것을 통째로 심상뇌옥의 한편에 수감시켜 놓은 것이다.

'천기단은 영약 중의 영약. 그것은 심상과 넋에 영향을 미치는 것인 만큼 창귀의 격 역시도 높여 주겠지.'

추이의 예상은 정확히 맞아떨어졌다.

당예짐의 창귀는 거의 나락노야에 필적할 정도의 영격(靈格)을 지니게 된 채로 추이의 심상뇌옥에 갇혔다.

이제 남은 것은 그동안 흡수한 독기운과 영약의 기운을 장작으로 삼고 당예짐의 힘을 모두 흡수하여 육혼의 관문을 뚫는 일뿐이었다.

'……현세에 남은 독 찌꺼기들은 이놈의 먹이로 써 볼까?'

추이는 자신의 머리카락을 타고 노는 나락설태를 바라보았다.

언제부터일까?

독을 양껏 섭취한 나락설태의 포자들은 이내 먼지덩어리처럼 한곳에 뭉쳐 기묘한 형상을 취하게 되었다.

작은 공처럼 둥글고 검은 몸체에 아무렇게나 생겨난 눈과 입.

마치 알에서 갓 깨어난 오골계의 병아리를 보는 듯한 외형.

머리카락처럼 가느다란 팔다리를 보고 있노라면 이것이 정말 영물인지 아닌지 고개를 갸웃하게 된다.

[삐약- 삐약- 삐삐삐-]

심지어 이것은 추이를 향해 입을 벌리며 묘한 소리를 내고 있었다.

새끼새가 어미새를 향해 입을 벌리며 먹이를 보채듯 말이다.

[삐익- 삐익- 삐- 삐뿌삐……]

추이의 의지가 아니면 추이의 머리카락을 떠날 수 없는 듯, 나락설태는 아까부터 계속 독 웅덩이를 보며 안절부절못하고 있었다.

추이는 나락설태를 향해 짧게 명령했다.

'어디 한번 양껏 먹어 봐라.'

명령이 내려지기 무섭게, 나락설태는 앞으로 뛰쳐나가 독 웅덩이로 뛰어들었다.

꿀꺽꿀꺽- 참방참방-

대충 생긴 눈과 입 모양만 봐도 녀석이 얼마나 행복해하는 지가 느껴졌다.

독물을 한껏 들이마시며 헤엄치는 나락설태에게서 추이는 시선을 돌렸다.

바로 그때.

"……!"

돌아서려던 추이는 저 멀리 독지대 깊은 곳에서 놀라운 광경을 보게 되었다.

말라 죽은 나무들 너머, 움푹 패인 바위 밑.

그곳에는 두 사람이 서 있었다.

사천당가의 가주 당무상.

그가 뒷짐을 진 채 서서 고개를 푹 숙이고 있는 것이 보인다.

…딱!

그리고 그의 머리통을 쥐어박는 화난 얼굴의 소녀.

당결하가 씩씩거리며 당무상을 야단치고 있었다.

"야 인마! 천기단 이거 어떡할 거양! 학관 뒷산이 온통 독천지가 된 건 또 어떡할 거구! 애새끼들 관리를 대체 어떻게 하기에 이 모양이양!"

코맹맹이 소리로 찡얼거리던 평소의 모습 그대로였지만…… 당무상은 그런 당결하의 앞에서 머리를 조아리며 쩔쩔매고 있었다.

"죄송합니다 증고모할머님……."

"죄송하고 말고가 어딨써! 에이잉! 물어냇!"

"예, 예…… 물론 당연히 물어 드릴 생각입니다. 당가를 팔아서라도 변상하겠습니다……."

추이는 멀리 떨어진 곳에 몸을 숨긴 채 그들의 입술 모양으로 대화 내용을 짐작했다.

'당결하. 저 인간은 대체 나이와 배분이 어떻게 되는 것이지?'

회귀하기 전에 알던 당결하에 대한 것들을 떠올려 보았다.

추이가 본격적으로 강호행을 시작했을 때, 당결하는 이미 죽고 없는 인물이었다.

오독교가 본격적으로 창궐하던 전성기.

당결하는 초대 오독교주 당예짐을 비롯한 대부분의 교인

들을 단신으로 쓸어버린 뒤 전투 중에 입은 부상으로 인해
영면에 들었다고 전해진다.

훗날 추이가 오독교의 잔당을 토벌할 수 있었던 것도 전부
다 당결하가 오독교의 핵심 고수들 대부분을 없애 버렸기 때
문이었다.

'……어쨌든. 당결하와 동귀어진했던 오독교주와 교인들
을 초기에 제거했으니 이번에는 그녀가 영면에 들 일은 없겠
지.'

독왕 당결하의 수명은 추이가 회귀하기 전의 세상에 비해
훨씬 더 늘어났을 것이다.

이것이 훗날 벌어질 혈교의 준동에 어떠한 영향을 미치게
될지, 추이는 꽤나 기대하고 있었다.

'이것으로 모든 준비가 끝났다. 이제 육혼의 경지로 올라
갈 일만 남았군.'

추이는 과거 홍공이 했던 말을 떠올렸다.

'굴각과 이올을 대성하게 된다면 다음 단계는 '육혼(戮渾)'의
경지이다. 나는 이 단계에 한쪽 발을 디뎌 놓는 것만으로도
천하를 오시했으며 네 개의 층계를 오른 뒤에는 정, 사, 마의
모든 것들을 하찮게 여길 수 있었다.'

창귀칭의 힘은 육혼부터가 시작이다.

그것을 잘 알고 있는 추이는 하루라도 빨리 육혼으로 넘어
가는 관문을 뚫을 생각이었다.

'우선 안전하고 조용한 곳에서 오독교주의 창귀를 복속시키고 그동안 축적한 독과 약의 기운을 장작으로 써서……'

바로 그때.

"이봐."

뒤에서 누군가가 추이를 불렀다.

"……?"

추이가 고개를 돌린 곳에는 낯익은 얼굴 하나가 보인다.

당해아. 사천당가의 소가주.

그가 추이를 물끄러미 바라보고 있었다.

추이가 물었다.

"뭐냐?"

"……."

당해아는 한동안 침묵했다.

그리고 이내, 추이를 향해 무거운 입술을 달싹였다.

"둘째가 죽은 것은 사고였다."

"……."

"이젠 여동생마저 떠나 버렸으니, 남은 것은 너와 나뿐이구나."

추이는 대답하지 않았다.

하지만 당해아는 말을 계속 이어 나갔다.

"이런 일이 있었으니 무조건 가문에 남으라고는 하지 않겠다. 다만…… 방황이 끝나면 언제든 다시 돌아오너라."

"……."

"묘족들을 죽인 죄를 관아에 자수하고, 정식으로 벌을 받아 죗값을 치러라. 이용당했을 뿐인 네 사정을 판관이 최대한 참작하게끔 힘을 써 보마."

"……."

"네 자리를 비워 놓고 기다리고 있겠다."

"……."

추이는 당해아의 말을 듣고도 아무런 대답을 하지 않았다.

장강수로채의 사백정 당삼랑은 이미 오래전에 죽었다.

이제 당가의 삼남일녀 중 생존자는 당해아 하나뿐인 것이다.

하지만 추이는 구태여 그 사실을 당해아에게 알려 주지 않았다.

그저.

휘이이이잉……

쓸쓸히 불어오는 찬바람을 따라 자리를 떠났을 뿐이다.

성과 (1)

추이는 서문경 부교관의 신분으로 의원에 입원했다.

민관협력 임무 때문에 외부 파견을 나갔다가 중상을 입고, 그 부상이 미처 회복되기도 전에 생화학 사고를 겪은 비운의 부교관.

명목상으로는 그런 상황인지라, 추이는 등천학관의 전폭적인 지원을 받아 의원에서도 가장 좋은 독실에 입원하게 되었다.

"부교관니임! 이만하시길 천만다행이어요! 저도 그때 때마침 휴가를 나가 있어서 망정이지 하마터면……."

추이는 그곳에서 영아의 시중을 받으며 운기조식을 하고 있었다.

"사과 깎아 드릴게요. 다리 주물러 드릴까요? 따듯한 차는 어떠세요? 안 그래도 저희 부모님께서 부교관님께 늘 감사하다고 수제 쑥차를 보내왔거든요!"

영아는 몇 번이고 추이에게 감사의 인사를 했다.

추이가 휴가를 나가며 영아에게도 특별 휴가를 주었기 때문이다.

그 덕택에 이번 참사를 피한 영아는 더욱 성심성의껏 추이의 수발을 들었다.

물론 추이는 그런 영아의 관심이 귀찮을 따름이었다.

추이는 영아에게 말했다.

"한 시진 정도만 방에 아무도 들어오지 못하게 해라."

"네! 아예 문밖에 나가서 지키고 있을게요!"

"그럴 것까지는 없다."

"아녜요! 저도 호법? 막 그런 거 한번 서 보고 싶었어요! 제발 시켜 주세요!"

영아는 추이가 뭐라 말리기도 전에 문 쪽을 향해 쪼르르 달려갔다.

결의에 찬 눈빛으로, 콧김을 씩씩 뿜어내면서.

"부교관님께서 들이라고 말씀하시기 전까지는 그 누구도 들여보내지 않을 테니 안심하셔요!"

영아는 비장한 표정으로 두 주먹을 흔들어 보이고는 문을 닫았다.

이윽고, 추이는 아무의 방해도 받지 않은 채 명상에 잠겼다.

ㅊㅊㅊㅊㅊㅊ……

내력을 끌어올리자 심상의 륜(輪)들이 돌아간다.

이 세상을 구성하고 있는 작은 톱니바퀴들.

하지만 한낱 인간의 앞에서 그것들은 너무나도 크게 느껴진다.

추이는 그 거대한 심상의 륜들을 가열차게 돌렸다.

발열로 인해 붉고 찬란하게 달아오르는 바퀴들.

이윽고, 단전의 물레에서 뽑아져 나온 실이 붉은 뱀처럼 늘어져 추이의 관자놀이로 스며들어 갔다.

적사투관(赤蛇透關).

어느덧 추이의 전신을 휘감게 된 붉은 뱀은 입을 쩍 벌려 혓바닥을 내민다.

그 혓바닥은 어지러이 뒤엉켜 매듭을 이룬다 싶더니 이내 한 떨기의 붉은 연꽃으로 피어났다.

천화난추(天花亂墜).

심상세계를 넘어 현실에 피어난 핏빛의 연꽃은 하늘 위의 먹구름마저 반경 수십 장 너머로 걷어 내 버릴 정도로 찬란한 것이었다.

그리고 이내, 이 모든 빛들이 잔잔하게 가라앉으며 추이의 얼굴에서 빛이 사라졌다.

거짓말처럼 잔잔해진 방 안의 분위기.

하지만.

ㅊㅊㅊㅊㅊㅊㅊ……

단 한 군데, 추이의 눈에서만큼은 전에 없던 핏빛의 기운
이 심지처럼 틀어박힌 채 잔불처럼 남아 이글거리고 있었
다.

'……'

추이는 눈앞에 있는 거대한 관문을 올려다보았다.

힘줄, 뼈, 내장, 살점, 핏물로 이루어진 구릿빛 문은 까마
득한 위로 이어지는 나선 모양의 계단을 가로막은 채 조금도
움직이지 않는다.

육혼(戮渾).

굴각(屈閣)과 이올(彝兀)의 단계를 깨친 이가 도전할 수 있는
경지의 이름.

육혼의 경지에 발을 디뎌 놓는 순간, 창귀칭을 익힌 자는
지금까지의 단계가 그저 흉내 겉핥기에 불과했다는 사실을
깨닫게 된다.

추이는 천천히 계단을 올라 관문의 앞에 섰다.

뒤에서 노랫소리가 들려온다.

'출탁록기.'

붉은 도깨비 탈을 쓴 사람들의 노래.

그것은 박자와 가락을 타고 어두운 공기 속에 녹아든다.

'등장백산.'

무게도 형태도 없지만, 그들은 수많은 어휘들 사이에서 마음껏 고르고 골라 틀림없는 단어들만을 추려 내어 불렀다.

이 세상에서 붉은 노래만큼 좋은 것은 없다는 듯, 그들의 노래에는 막연함과 명확함이 동시에 배어 있었다.

'해동귀환.'

심상의 층계 위.

흑석산의 붉은 꽃들이 흐드러지는 것을 뒤로한 채, 추이는 관문을 밀었다.

끼-기기기기기긱……

육중한 문짝은 꿈쩍도 하지 않는다.

마치 힘으로는 밀 수 없다는 듯, 굳건히 버티고 서서 미동조차 없는 것이다.

얼마 전에 흡수한 당예짐의 창귀가 추이의 등 뒤에서 팔을 뻗는다.

그동안 흡수했던 독과 영약이 불타오르며 관문을 뜨겁게 달구고 있었다.

"……! ……! ……!"

추이는 온 힘을 다해 문을 밀었다.

육혼으로 가는 문은 너무나도 무겁고 뜨거웠으나 추이의 힘과 집념 역시도 그만치는 되었다.

우드득!

관문은 끄떡도 하지 않건만, 추이의 몸은 벌써부터 삐걱거린다.

지금까지 잡은 모든 창귀들을 동원하고 있음에도 육혼의 관문은 아직도 굳건했다.

주륵⋯⋯

추이의 입가에서 피 한 줄기가 떨어져 내렸다.

아니. 이마에서도, 눈에서도, 코에서도, 귀에서도, 땀 대신 끈적한 핏물이 줄줄 흘러내린다.

동시에 문 역시도 녹아내리기 시작했다.

영원히 열리지 않을 것처럼 굳게 서 있던 구리벽이 뜨거운 열에 의해 천천히, 끈적끈적하고 흐물흐물하게 무너져 내린다.

추이의 손바닥은 문을 밀어 열지는 못했으나 녹아내린 문을 잡아 찢으며 안으로 깊이 파고드는 것은 가능케 했다.

부글부글부글부글⋯⋯ 치이이이이이이이익⋯⋯

살이 검게 타들어가고 내부의 폐장육부를 희게 삶는다.

끓는 구릿물과 시뻘건 혈액이 바닥 위로 굵게 방울져 굳어가고 있었다.

뚝− 뚝− 뚝−

그 뜨겁고 밀도 높은 한 방울 한 방울에 추이는 지난날의 젊음, 고통, 아우성, 눈물을 떠올린다.

두 번의 생애에 걸친 가시밭길.

가시 끝의 꽃처럼 점점이 피어나던 살점과 선혈.

쇠처럼 뜨겁고 쇠처럼 차갑던 과거의 끝을 딛고, 추이는 계속해서 관문을 밀고 나갔다.

"……! ……! ……!"

영혼까지 불타 버리는 듯한 뜨거움.

육신의 살점 한 점마저 터져 나갈 듯한 무게.

전생의 전우들과 스승들, 혈족들, 그 외 모든 은인들의 노랫소리를 들으며, 추이는 계속해서 발을 내디뎠다.

이윽고.

터-억!

부글부글 끓어오르는 쇳물의 벽을 뚫고, 추이는 어느덧 굳게 닫힌 육혼의 관문을 관통하여 육혼의 경지에 첫발을 디뎌 놓게 되었다.

바로 그 순간.

…번쩍!

눈이 떠졌다.

추이는 상체를 일으켰다.

"……."

문득 예전의 일이 생각난다.

과거, 추이는 굴각의 십 층계에서 이올의 일 층계로 올라섰을 때 몸에서 엄청난 양의 노폐물을 배출했었던 적이 있다.

오물과 여러 가지 한약재들을 한데 섞어서 달인 듯한 냄새와 함께.

……하지만 이번에는 그런 것이 일절 없었다.

아니. 오히려 있었던 것들도 없어지게 되었다.

시야에 들어오는 모든 것은 평범하다.

추이의 기운 역시도 그렇게 변해 있었다.

사람이 본디 한 공간에 머물게 되면 어떤 식으로든 무언가가 남게 된다.

머리카락을 흘리든, 각질을 떨어트리든, 땀방울을 떨구든, 그것도 아니면 입 냄새나 두피 냄새, 각종 체취 등등, 무엇이든 간에 흔적을 남기는 법.

하지만 추이가 있는 방 안에는 일절 그런 것이 없다.

머리카락도, 각질도, 땀도, 침도, 체취도 그 무엇도 남지 않았다.

마치 처음부터 그곳에 아무것도 존재하지 않았다는 듯, 이질적일 정도의 부존재감(不存在感).

추이는 눈을 떠 자신의 몸을 살폈다.

몸 전체에서 뿜어져 나오던 강맹한 기운이 사그라들며, 추이의 몸은 무공을 전혀 익히지 않은 촌부처럼 변해 버렸다.

반박귀진(返撲歸眞).

추이의 몸에서는 이제 정도의 기운도, 사도의 기운도, 마도의 기운도 느껴지지 않는다.

너무나도 평균적인 평범함.

그래서 오히려 이질적으로 느껴지는.

'됐다. 넘었다.'

육혼의 제일 층계.

세간에서 나누는 무공의 수위로 따지자면 초절정(超絕頂).

매운 고행의 채찍에 갈겨, 마침내 이곳에 섰다.

하늘도 지쳐 끝난 층계의 최상층부.

서릿발 칼날진 계단의 끝을 밟고야 말았다.

…우드득!

추이는 주먹을 꽉 말아쥐었다.

추이의 창귀칭은 이제 완숙의 단계에 이르렀다.

이제부터는 굴각, 이올의 단계에 있었을 때와는 비교조차
할 수 없이 다양한 특전들을 누릴 수 있었다.

그 밖에도 끌어내 쓸 수 있는 내력 자체가 초절정의 영역
으로 접어들었으니 이제부터는 더더욱 강한 적들을 상대할
수 있을 것이다.

추이가 막 침상에서 몸을 일으키려는 순간.

[삐―]

뒷목에서 이상한 소리 하나가 들려왔다.

뽀르르……

목 쪽에서 굴러 떨어진 것은 조막만한 숯덩어리였다.

둥근 몸체에 복슬복슬한 털 같은 것이 돋아나 있는 것을

보면 까만 병아리처럼 생기기도 했다.

하지만 대충 그린 낙서처럼 생긴 두 눈알과 빨갛게 쭉 찢어진 입을 보고 있노라면 이것이 결코 새의 새끼가 아님을 알 수 있었다.

[삐뿌삐—]

그것은 추이의 목덜미를 타고 놀다가 굴러떨어지는 등 온갖 애교를 부린다.

나락설태(奈落舌苔).

나락노야가 죽으면서 남기고 간 이 영물은 오독교주가 남기고 간 막대한 양의 독을 모조리 흡수하더니 이러한 형태로 변해 버렸다.

창문 밖에서 날아오는 날벌레를 잡아먹는 것을 보면 평범한 생물인가 싶다가도 침상 옆에 놓인 과도를 순식간에 녹슬게 해 버리는 것을 보면 또 기이하기 짝이 없다.

'나락노야의 손에 있었을 때와는 외형과 행동이 사뭇 다르군.'

추이는 손등 위에 올라타서 애교를 부리는 나락설태를 보며 고개를 까닥 기울였다.

그때.

똑똑똑—

누군가가 방문을 두드렸다.

"저, 부교관님! 말씀하신 시간이 다 되어서요!"

영아의 목소리였다.

명상을 벌써 한 시진이나 한 모양이다.

추이가 문을 열자 영아가 상기된 표정으로 서 있는 것이 눈에 들어왔다.

이윽고, 영아는 추이의 앞으로 무언가를 내밀었다.

그것은 한 장의 편지였다.

"드, 등천학관의 학장님께서 보내셨어요! 여기 보세요! 발신인 이름!"

"학장 당결하. 그렇군."

추이는 미간을 찡그렸다.

등천학관 학장이 보낸 편지를 받는 것은 드문 일이다. .

한낱 부교관은 물론이요 교관, 아니 교관장급이라고 해도 말이다.

더군다나 추이는 바로 얼마 전, 산 전체를 초토화시켜 버렸던 당결하의 무위를 보고 온 참인지라 이 편지의 무게가 새삼 무겁게 느껴진다.

'……갑자기 무슨 일로 편지를 보내왔지?'

추이는 봉투 속에 든 편지를 꺼내 읽었다.

편지에는 짤막한 한마디만이 적혀 있을 뿐이다.

　내일 정오에 학장실로.

아무런 이유도 적혀 있지 않은, 무조건적인 소환 명령.
어딘가 불안해지는 내용이었다.

다음 권으로 이어집니다

천재 셰프 회귀하다

신사 현대 판타지 장편소설

**독보적 미각의 천재 셰프
절망의 불구덩이에서 다시 기회를 얻다!**

가스 폭발에서 사람을 구한 대가로
미각도, 손도 잃은 도진
재기를 마음먹은 어느 날
또다시 가스 폭발 사고에 휘말리고
한 번만 더 불 앞에 서기를 바라며 눈을 감는데……

미각과 손을 가져간 화마, 2회 차 인생을 선물하다?

고등학생으로 회귀한 후
과거의 지식과 경험을 바탕으로
요리계에 지각 변동을 일으키다!

**요식업계 초신성에서 파인다이닝 오너 셰프까지
요리 명장의 인생 플레이팅!**

꿈의 도약, 로크에서 하십시오
(주)로크미디어에서 신인 작가를 모십니다

즐거운 세상, 로크미디어는 꿈을 사랑하고 도전을 두려워하지 않는 작가 분들의 참신한 작품을 기다리고 있습니다. 21세기 장르 문학계를 이끌어 갈 차세대 선두 주자 (주)로크미디어에서 여러분의 나래를 활짝 펴 보시길 바랍니다.

모집 분야 판타지와 무협을 포함한 장르 문학
모집 대상 아마추어 작가, 인터넷 작가
모집 기한 수시 모집

작품 접수 시 유의 사항

1. 파일명은 작가명_작품명.hwp형식을 갖춰 주십시오.
1. 파일에 들어갈 내용은 다음과 같습니다.
   - 성명(필명인 경우 실명을 밝혀 주세요), 연락처, 이메일 주소
   - 제목, 기획 의도
   - A4용지 1장 분량의 등장인물 소개
   - A4용지 2장 분량의 전체 줄거리
   - 본문
1. 작품이 인터넷에 연재되고 있다면, 게시판명과 사이트의 구체적이고 정확한 주소를 기재해 주십시오.

선택된 작품은 정식 계약 후 출판물로 간행되어 전국 서점에 유통됩니다.
작가 분은 (주)로크미디어의 전폭적인 지원하에 전속 작가로 활동하시게 됩니다.
※ 자세한 내용은 로크미디어 홈페이지(rokmedia.com)를 참조하세요.

(04167)서울시 마포구 마포대로 45 일진빌딩 6층
(주)로크미디어 편집부 신간 기획 담당자 앞
전화 : 02) 3273-5135
www.rokmedia.com   이메일 : rokmedia@empas.com